# अजनबी से अजनबी तक

रवि राहुल

उनके लिए- जिनसे शब्द नहीं, जीना सीखा,
माँ, पापा जी और दिव्या।

# आभार –
## जिनसे कहानी बनी

कुछ नाम किताब के कवर पर नहीं होते, पर यह कहानी उन्हीं के कारण आपके तक पहुँची है।

मेरी पहली किताब *"When Heart Cries..."* के बाद, मुझे फिर से कलम उठाने का हौसला देने वालों को मेरा पहला धन्यवाद। आपकी टोक, आपकी उम्मीद - और आपकी चुप सहमति - ने इस किताब को जन्म दिया।

कपिल सर, आपसे की गई वो "इधर-उधर की बातों" के लिए आपको नमन - जिनसे प्रेरित होकर कुछ अंश इस कहानी में डालने का अवसर मिला।

विशाल, सिमरन, वैभव, कुणाल और उन सभी दोस्तों का धन्यवाद जिन्होंने अपने अनुभव और विचार साझा करके इस कहानी को आकार देने में मदद की।

दीक्षा कहोल, आपके संपादकीय सुझावों ने इस कहानी के प्रवाह को सहज बनाए रखा, और आपकी बारीक नज़र ने शब्दों को संवरने का अवसर दिया।

भावना और हिमांशु, आपकी कवर डिज़ाइन ने इस कहानी को एक चेहरा दिया, एक रूप, एक दृश्यता - जिसे शब्दों से कहना कठिन है।

और अंत में, उन अजनबियों का भी आभार, जिनकी खामोशियाँ शायद इस कहानी के किसी कोने में बोल उठीं।

# कुछ बात...
## कहानी से पहले की ...

कभी-कभी हम किसी को जानते नहीं, फिर भी उनसे जुड़ जाते हैं। और कभी-कभी... हम किसी को जानकर भी, उन्हें समझ नहीं पाते।

कहानियाँ कभी पूरी तरह न काल्पनिक होती हैं, न पूरी तरह सच्ची। जैसे किसी का झूठ, किसी और का सच हो सकता है।

"अजनबी से अजनबी तक" — ऐसी ही एक कहानी है।

मैं इसे "काल्पनिक" या "सच्ची घटनाओं पर आधारित" का कोई ठप्पा नहीं लगाना चाहता।

हाँ, जब यह लिखी जा रही थी, तब यह पूरी तरह कल्पना की उपज थी - इसके सारे पात्र भी काल्पनिक हैं। यदि इनमें कहीं कोई समानता दिखे, तो वो महज़ एक संयोग होगा।

कई बार लिखते-लिखते मैं खुद भी नहीं समझ पाया कि कौन किससे दूर जा रहा है,और कौन कब किसी के थोड़े और करीब आ गया।

शायद यही इस कहानी की सच्चाई है - कि इसमें कोई स्पष्ट अंत नहीं है, बस कुछ ऐसे मोड़ है,जहाँ आप थोड़ी देर रुककर ख़ुद से एक-दो छोटा-सा सवाल पूछ सकते हैं।

कहानी का लिखा जाना उसका अंत नहीं होता। असल में उसका जन्म तो तब होता है, जब आप इसे पढ़ना शुरू करते हैं - और वो महसूस करते हैं, जो इसमें छिपा होता है।

अगर इस सफ़र में आपको कभी अपना कोई अक्स नज़र आए, या किसी बीते रिश्ते की परछाईं महसूस हो - तो समझिए, कहानी वहाँ पहुँच गई... जहाँ उसे पहुँचना था।

और अंत में, बस एक बात और - जिसके बाद मैं आप और इस कहानी के बीच नहीं आऊँगा:

ये सफ़ेद पन्नों पर काली स्याही से लिखे शब्द अधूरे हैं। हर पूर्णविराम के बिच, नीचे थोड़ी-सी जगह बची है - underline करने की, highlight करने की। तो अगर कोई पंक्ति आपको महसूस हो, उसे निशान देकर — इस कहानी को जरूर पूरा कीजिएगा।

रवि राहुल

10-मई-2025

# पन्नों के निशान

# लाइटर

"Excuse Me, आपके पास लाइटर है?"
एक पतली सी आवाज़ जैसे हवा में तैरती हुई पीछे से आई।

प्रशांत ने पलटकर देखा।
फ़ॉर्मल कपड़ों में एक लड़की, लंबी, करीब 5 फुट 6 इंच की,
डेढ़ फुट की दूरी पर खड़ी थी। उसके होंठों के बीच एक सिगरेट
अटकी थी, और लाइटर माँगती सी निगाहें।

प्रशांत ने थोड़ी असहजता महसूस करते हुए, बिना कुछ कहे,
लाइटर उसकी ओर बढ़ाया।

जैसे ही उसने सिगरेट सुलगाई, दाहिने कान के ऊपर अटकी
बालों की एक लट धीरे से फिसली और गाल पर आ गिरी।

लाइट रेड लिपस्टिक, सलीके से सजी हुई आँखें, उसके परफ्यूम
की हल्की महक, और एक ठहराव भरी खामोशी - जैसे वह खुद
एक रहस्य हो।

पीछे बग़ीचे में चिड़ियों की धीमी चहचहाहट, पत्तों की सरसराहट और पेड़ों की छाँव में बहती हल्की-सी हवा, गर्मियाँ आने से ठीक पहले वाली। फ़रवरी का आख़िरी हफ़्ता चल रहा था। हवा में अब भी सर्दी की एक हल्की परत थी, और सेमल के लाल फूल पेड़ों पर खिलकर धीरे-धीरे ज़मीन पर बिखरने लगे थे। सब मिलकर जैसे एक धीमी रफ़्तार वाली फ़िल्म का सीन बन गए थे।

प्रशांत उस पल में कहीं खो गया था। जैसे समय ने खुद को रोक लिया हो। वह बस एकटक उसे देखता रहा, मानो कोई खूबसूरत सपना आंखों के सामने जी रहा हो।

फिर अचानक, उसकी होश वापिस आई जब परफ्यूम की नाज़ुक ख़ुशबू को चीरता हुआ सिगरेट का धुआँ लड़की के होंठों से निकल कर उसके चेहरे तक पहुँचा।

"Thank you" उसने कहा, मुस्कराई नहीं... बस हल्का सिर हिलाया, और फिर मुड़कर चली गई।

प्रशांत वहीं खड़ा रह गया, अब भी हल्के गर्म लाइटर को अपनी उंगलियों में पकड़े हुए, जैसे वो लाइटर अब कोई गर्म दस्तावेज़ हो, जिसमें उस लड़की की मौजूदगी की छाप रह गई हो।

शायद ये पहली बार था जब उसने किसी अजनबी को यूँ इतने ध्यान से देखा था। कुछ तो थी उसमें - कोई अलग सी बात - जो उसकी नज़रों को बाँधकर रख गई थी।

जब जलती हुई सिगरेट की गर्मी उंगलियों तक पहुँची, तब उसे होश आया। एक आख़िरी कश लिया, और फिर वो भी भागा, ऑफिस की ओर। जैसे सब कुछ असलियत में लौटने की कोशिश कर रहा हो।

----

ऑफिस की कम्प्यूटर स्क्रीन पर प्रेज़ेंटेशन खुली थी, पर ज़ेहन में बस एक ही चेहरा।

"कौन थी वो लड़की? क्या दोबारा दिखेगी?"

"शायद यहीं आसपास का कोई ऑफिस हो उसका। या क्लाइंट मीटिंग के लिए आई हो। नाम पूछना चाहिए था शायद... इंस्टा पर मिल जाती।"

"नहीं यार, बहुत creepy हो जाता," उसने ख़ुद से कहा।

"छोड़ो, देखते हैं... शायद कल फिर मिले," ये सोचकर उसने गहरी साँस ली और दोबारा काम में लग गया। पर असल में वो अब भी उसी सीन में फँसा हुआ था - जहाँ एक लड़की लाइटर माँग रही थी, और उसके बाल हवा में उड़ते हुए गाल को छू रहे थे।

अगली सुबह ऑफिस जाते वक़्त, प्रशांत ने अनजाने में वही रास्ता चुना, जहाँ कल वो लड़की मिली थी। बग़ीचे के किनारे चलती पगडंडी, कुछ पुरानी बेंचें, और वो हल्की धूप - जो पेड़ों की शाखों से छनकर ज़मीन पर गिरे सेमल के फूलों को और लाल बना रही थी।

हर चीज़ वैसी ही थी - बस वो नहीं थी।

उसने यूँ ही एक नज़र उस बेंच पर डाली, जिसके पास वो अजनबी खड़ी मिली थी कल - जैसे कोई किताब वहीं खुली रह गई हो, पर अब उसके पन्ने किसी और ने पलट दिए हों।

एक पल को लगा - शायद आज फिर दिखेगी। मुस्कुराती हुई, उसी सिगरेट और लाइटर वाली बेपरवाह झलक के साथ। लेकिन नहीं।
दूसरे दिन कुछ और उम्मीद लेकर निकला वो। ऑफिस के ब्रेक में कॉफी ली और जा बैठा वहीं, जहाँ वो पहली बार मिली थी - जहाँ सिगरेट के धुएं में उसकी परफ्यूम की मीठी सी गंध लिपटी थी।

अब वहाँ सिर्फ बेंच थी। ना कोई सिगरेट, ना कोई लिपस्टिक की हल्की रेखा। हवा में अब वो महक नहीं, बस थोड़ी सी धूप, और थोड़ी सी उम्मीद थी - जैसे धड़कते दिल पर धूप सेंक रहा हो।

हफ़्ते भर सब कुछ चलता रहा - दफ़्तर की वही जानी-पहचानी अफ़रा-तफ़री, क्लाइंट की शिकायतें, ज़ूम कॉल्स, डेडलाइन्स।

और उस सबके बीच कहीं वो था - जिस्म दफ़्तर में, पर दिमाग़ अब भी उसी सेमल के पेड़ के नीचे वाली बेंच के आस-पास भटक रहा था।

कभी-कभी तो किसी मीटिंग के बीच अचानक वो चेहरा सामने आ जाता - बालों की वो लट जो कान से फिसलकर गालों को छूती थी, या "थैंक यू" कहते वक़्त आई वो हल्की-सी मुस्कान।

वो अक्सर यूँ ही लाइटर को जेब से निकालता, कुछ पल देखता, उसे फिर से जेब में रख देता - जैसे किसी टूटी उम्मीद को दबा कर छुपा दिया हो, काम की भीड़ में, ताकि फिर से किसी मोड़ पर जिंदा किया जा सके।

हर मीटिंग अब एक रुकावट सी लगने लगी थी - क्योंकि कोई और मुलाक़ात अब भी अधूरी थी, और उसका "रिशेड्यूल" वो किसी आउटलुक या गूगल कैलेंडर से नहीं भेजा जा सकता था।

शायद चौथा या पाँचवां दिन, सूरज अपने ढलने की तैयारी में था और हवा में एक हल्की ठंडक तैरने लगी थी। प्रशांत आज भी रोज़ की तरह थोड़ा जल्दी ब्रेक पर निकल आया था - न किसी मीटिंग की हड़बड़ी थी, न किसी प्रेज़ेंटेशन का बोझ। बग़ीचे के कोने पर, जहाँ सड़क थोड़ी मुड़ती है और बेंच पेड़ों की छाँव में आ जाती है - वहीं खड़ा था वो, बस यूँ ही। ना किसी को खोजते हुए, ना ही खुद से कुछ कहे बिना।
और फिर - एक हलचल सी हुई।

थोड़ी दूर एक लड़की दिखाई दी - उसी कद-काठी की, फॉर्मल कपड़े, बाल खुले हुए, और चलते हुए उसकी चाल में कुछ था... जाना-पहचाना सा।

दिल एक पल को ज़ोर से धड़का।

"यही है... वही तो है... लौट आई क्या?"

वो कुछ कदम बढ़ा उसकी तरफ़ - धड़कनों में वो जानी-पहचानी बेचैनी लौट आई थी।लेकिन जैसे जैसे लड़की पास आई, हर क़दम के साथ उसकी तस्वीर थोड़ी बदलने लगी । करीब आने पर चेहरा साफ़ दिखा - और वो नहीं थी ।

नहीं... ये कोई और थी ।

ना वो परफ्यूम, ना वो सलीके से सजी हुई आँखें, ना ही वो ठहराव जो पहली बार था ।
बस एक परछाईं थी - जो कुछ देर तक किसी और का भ्रम बनके रही, और फिर अपनी पहचान में लौट आई ।

प्रशांत थम गया । पीछे एक दीवार थी, आगे एक सन्नाटा ।

उसने धीरे से अपनी कॉफी का ढक्कन खोला, एक सिप लिया, और खुद से बुदबुदाया -
*कुछ मुलाक़ातें बस वक़्त की टकराहट होती हैं ।*
*कोई किस्मत नहीं, कोई कहानी नहीं ।*

२

# नाम में क्या रखा है

प्रशांत की नज़रें अनजाने ही आजकल हर एक चेहरे पर कुछ ज़्यादा ही ठहरने लगी थीं - एक मरी हुई उम्मीद के साथ। जो शायद कभी पूरी ना हो... लेकिन उम्मीद है तो है। क्या किया जा सकता है।

हर बार जब कोई लड़की फ़ॉर्मल कपड़ों में दिखती, उसका दिल एक पल के लिए थम जाता। पर वो अब तक नहीं दिखी।

दोपहर के करीब साढ़े तीन बजे, जब लंच ब्रेक के बाद लोग धीरे-धीरे वापस दफ़्तर लौटने लगे थे, प्रशांत ने सोचा - "चलो, एक चक्कर मार लूँ बग़ीचे की तरफ़।"

उम्मीद? शायद।
बहाना? बस हवा बदलने का।

और फिर...

वो फिर से वहीं थी।

एक बेंच पर बैठी, मोबाइल पर कुछ स्क्रॉल करते हुए। आज बाल खुले थे। वही लिपस्टिक, वही ठहराव। फ़ॉर्मल नहीं, इस बार सूट में थी।

प्रशांत का दिल ज़ोर से धड़कने लगा।

"जा ना," उसने खुद से कहा "कुछ नहीं तो इतना पूछ ही सकता हूँ कि आज भी लाइटर चाहिए?"

खुद पर ही मुस्कुरा दिया - बेहूदा सा बहाना था, पर और क्या कहता?

हिम्मत बटोरी और धीरे-धीरे उसकी ओर बढ़ गया।

"Hi..."

लड़की ने नज़र उठाई - उसे देखते ही हल्का मुस्कुराई -

"Hey... you're the lighter guy, right?"

"हाँ..." प्रशांत हँसा, एक छोटी-सी, थोड़ी सी मुस्कान के साथ "वही वाला। आज भी लाइटर चाहिए क्या?"

"नहीं... पी ली पहले ही।" उसने कहा, और फिर दोनों के बीच कुछ पल की ख़ामोशी फैल गई।

प्रशांत ने उसे देखते हुए कहा - "वैसे... मैं Data Analyst हूँ, यहीं पीछे, Quantiva Analytics में।"

"Interesting," फोन अब भी हाथ में था, पर स्क्रीन अब बंद। "मैं Accounts देखती हूँ। आज ही जॉइन किया है, Veritas में।"

"अच्छा!" प्रशांत का चेहरा थोड़ा खिल गया। शायद अंदर ही अंदर उसे अंदाज़ा था...

"तो इसीलिए पिछले हफ़्ते..."

लड़की ने बात बीच में ही पकड़ ली - "लगता है कोई नज़र रख रहा था मुझ पर?"

वो थोड़ा झेंप गया, पर हँसी रोक नहीं पाया।

"नज़र नहीं... बस, कभी-कभी कोई एक बार दिख जाए - तो दिमाग में रह जाता है। ख़ासकर अगर वो पहली बार मिलते ही लाइटर माँग ले"

"Fair enough," उसकी मुस्कान अब ज़रा खुलकर आई थी।

प्रशांत ने मज़ाकिया लहजे में जोड़ा - "Data तो मैं अच्छे से analyze कर लेता हूँ... पर लोगों का behaviour predict करना आजकल थोड़ा मुश्किल हो गया है।"

लड़की ने सिर हल्के से झुकाया - जैसे एक फीके से जोक को शालीनता से मज़ाक की तारीफ़ करने की आदत हो।

"मज़ाक करते हो?"

"ज़्यादा नहीं... पर accounts वालों से थोड़ा डर लगता है - कहीं डेबिट-क्रेडिट में ही ना उलझा दो।"

"Too late," वो बोली, "अब तो सामने बैठी हूँ।"

एक पल को दोनों हँसे - जैसे अचानक कोई अनजानी दूरी पिघल गई हो।

फिर वो उठी। प्रशांत ने थोड़ा जल्दी से कहा -

"वैसे, मेरा नाम प्रशांत है।"

लड़की मुस्कुराई, "ओह… hi, प्रशांत."

कुछ पल चुप्पी रही, फिर वो मुड़ने लगी।

प्रशांत ने हिम्मत करके पूछा - "और तुम?"

वो रुकी, एक नज़र उसकी तरफ़ डाली, जैसे सोच रही हो कुछ - फिर मुस्कुराकर बोली: "नाम में क्या रखा है?"

और फिर वो चली गई - उस दोपहर की धीमी धूप में, जहाँ सेमल के कुछ फूल पैरों के नीचे बिखरे हुए थे। प्रशांत वहीं खड़ा रह गया - जैसे कोई जवाब हवा में टाँग दिया गया हो, जिसे लाना अब उसका काम था।

उस दिन का बाक़ी हिस्सा जैसे अपने आप कट गया। डेस्क पर बैठे हुए भी वो हल्की सी मुस्कान उसके चेहरे पर टिकी रही। कभी-कभी स्क्रीन की ओर देखते हुए भी उसकी आँखें उस बेंच के आस-पास भटकती रहीं - जहाँ कुछ घंटे पहले वो बैठी थी, बाल खुले, मुस्कान हल्की और चाल बेपरवाह।

पहली बार ऑफ़िस से निकलते वक़्त उसका मूड हल्का था। फोन की प्लेलिस्ट में पुराने गाने चल रहे थे, और दिल्ली की ट्रैफिक अब उतनी बुरी नहीं लग रही थी।

━ ━ ━ ━ ━

रात को खाना खाकर, जब लाइट ऑफ़ कर दी गई और लैपटॉप खोलकर वो बिस्तर पर लेट गया - तो Excel की जगह अब LinkedIn खुल चुका था।
टाइप किया: "Veritas Capital" - Employees
फिल्टर लगाया: "Accounts", "Delhi NCR"
स्क्रोल करता गया... नाम, चेहरे, designation...
पर वो नहीं मिली।

उसका चेहरा, उसकी मुस्कान, सब साफ़ याद था - पर उस digital database में उसका कोई trace नहीं था।

"शायद प्रोफाइल प्राइवेट है..." या शायद नाम कुछ और हो, कोई अलग spelling।

या फिर... "नाम तो बताया ही नहीं था..."

एक हल्की सी खीझ सी होने लगी - वो वाली जो तब होती है जब कोई बात बस थोड़ी सी अधूरी रह जाए।

"नाम पूछ ही लेता... क्या चला जाता?" फिर खुद से ही जवाब भी दे दिया - "पूछा था यार... उसने ही तो कहा था - 'नाम में क्या रखा है?'"

वो लैपटॉप बंद करता है, एक गहरी साँस लेकर कमरे की अंधेरे में आँखें गड़ा देता है। फ़रवरी की वो रात अब थोड़ी ठंडी लगने लगी है, पर लाइटर अब भी उसकी जेब में है - और वो शाम अब भी दिल के किसी कोने में जल रही है।

हर सिगरेट की तरह, वो पल भी अधजला सा रह गया, ना पूरी
तरह बुझा, ना पूरी तरह सुलगा।

# ३

# विंडो सीट

दोपहर की धूप कुछ ज़्यादा ही नर्म थी उस दिन। सेमल के पेड़ के नीचे वाली बेंच पर तीन लोग बैठे थे - दो लड़के और एक लड़की। लड़की वही थी।

उसके साथ शायद ऑफिस के ही लोग थे - तीनों कुछ हल्की-फुल्की बातों पर हँस रहे थे। प्रशांत थोड़ा दूर ही रुक गया, हल्के झिझक के साथ...सोचते हुए कि अब क्या किया जाए।

फिर उसकी नज़र अचानक उस लड़की से मिली। कुछ सेकंड के लिए वो रुकी, जैसे दिमाग के किसी कोने में उसका चेहरा पहचानने की कोशिश कर रही हो। फिर हल्की सी मुस्कान आई, बस एक पल को। प्रशांत ने भी सिर हिला दिया, मानो बिना शब्दों के कुछ कह दिया हो।

कुछ सेकंड बाद वो उठी और सीधे उसकी ओर बढ़ी। पीछे से वो दोनों लड़के देख रहे थे - शायद अंदाज़ा लगा रहे थे कि ये कौन है। और वो आकर प्रशांत के बगल में बैठ गई।

"तो... कैसा लग रहा है नया ऑफिस?" प्रशांत ने बात शुरू की।

"अभी तक तो ठीक है," उसने हल्की मुस्कान के साथ जवाब दिया । "थोड़ा टाइम लग रहा है लोगों को जानने में... और जगह समझने में ।"

"हाँ, 2-4 दिन तो लगते ही हैं - लोगों को जानने में, पहचानने में... नाम पता करने में ।"

"देखते हैं, कितना टाइम लगता है ।"

फिर एक पल की ख़ामोशी ।
उसने पूछा, "लाइटर है क्या?"

"हमेशा ।"

"तो एक सिगरेट देना ।"

प्रशांत ने सिगरेट और लाइटर दोनों उसकी तरफ़ बढ़ा दिए । फिर खुद के लिए भी एक सिगरेट जलाई ।

उसने एक लंबा कश लिया, और धुएं के साथ हल्की-सी थकान छोड़ दी । उस पल में प्रशांत को लगा - जैसे उनके बीच की कोई अदृश्य दीवार थोड़ी पिघली हो ।

"वैसे," उसने अचानक कहा - "मैंने 'LinkedIn' पर search किया था तुम्हें - Lighter Girl के नाम से ।" वो हँसा, लेकिन आँखों में एक अधूरी बेचैनी तैर रही थी ।

वो हँसी नहीं, बस एक भौं ऊपर उठाकर बोली, "Lighter Girl?"

“अब नाम तो बताया नहीं तुमने... तो कोई identity तो बनानी पड़ी।”

“Wow,” उसने सिर हिलाया, “क्या cheap नाम है।”

“मैंने तो सोचा था creative है।”

वो मुस्कुराई, फिर बोली - “वैसे... मैंने अभी LinkedIn अपडेट नहीं किया है। कर दूँगी, आराम से।”

अभी बात कहीं और जाती, कि तभी - उसके फोन की घंटी बजी।

उसने स्क्रीन की तरफ़ देखा, चेहरे के भाव हल्के से बदल गए। आवाज़ में भी एक पल को थकान उतर आई, “Sorry... एक सेकंड।”

वो उठकर थोड़ा दूर चली गई - कॉल उठाया और हल्की तेज़ आवाज़ में कुछ बोली, जिसमें कहीं एक परेशानी छिपी थी।

कुछ देर बाद वो लौटी, लेकिन अब उसकी चाल में थोड़ी बेचैनी थी। “मुझे निकलना पड़ेगा,” उसने जल्दी में कहा, “एक ज़रूरी काम आ गया है।”

“सब ठीक?”

“हाँ, बस... कुछ मैनेज करना है। मिलती हूँ जल्दी।”

एक हल्की सी मुस्कान दी, लेकिन आँखों में वो ठहराव नहीं था जो पहले था। फिर वो मुड़ी, और बग़ीचे के रास्ते तेज़ी से बाहर निकल गई।

प्रशांत वहीं बैठा रहा। सिगरेट आधी जल चुकी थी, पर सवाल पूरा नहीं हुआ था।

———

तीन बजते ही ऑफिस की खिड़कियों से धूप कुछ कम होने लगी थी, लेकिन प्रशांत के माथे पर हल्की सी चमक अब भी बाकी थी - न जाने मौसम की, या किसी और बात की।

वो कॉन्फ्रेंस रूम से सीधे अपनी डेस्क की तरफ़ आया, जहाँ उसकी टीम के लोग चाय के कप और चिप्स के साथ हल्की-फुल्की बातें कर रहे थे।

जैसे ही उसने कुर्सी खींची और बैठा, सामने बैठी रिया ने चश्मा नीचे खिसका कर उसकी ओर देखा और मुस्कुरा कर बोली -

“भाई... आजकल बड़ी बगीचेवाली मीटिंग्स हो रही हैं, क्या बात है!” उसकी बात में मज़ाक तो था, पर आँखों में थोड़ी जिज्ञासा भी।

प्रशांत ने हल्के से हँसने की कोशिश की, लेकिन उसकी आवाज़ में एक हल्की सी खिंचावट थी। “बस... हवा बदलने निकला था थोड़ी।”

पीछे से गौरव ने गर्दन झुका कर कान में फुसफुसाया - “बेंच के पास कोई सीन है क्या? दो बार देखा है तुझे वहाँ... अकेले नहीं।”

प्रशांत ने मुस्कुरा कर सिर हिला दिया, पर कुछ कहा नहीं।

अब तक तो ये बातें सिर्फ़ मज़ाक थीं, पर उसके अंदर कुछ हलचल थी - शब्द नहीं थे उस बेचैनी के, पर असर पूरा था।

उसे कुछ कहने का मन हुआ, लेकिन तभी रिया ने फाइल्स उठाते हुए कहा, "By the way, आपकी फ्लाइट है कल सुबह 7:25 की - और क्लाइंट मीटिंग 10 बजे ABVD ऑफिस में।"

"Got it," प्रशांत ने सिर हिलाया, और वापस लैपटॉप की तरफ़ देखा, स्क्रीन पर स्लाइड्स खुली थीं - वही क्लाइंट प्रेज़ेंटेशन की। पर इन बुलेट पॉइंट्स के पीछे, उसकी सोच कुछ और ढूँढ रही थी।

गौरव उसकी डेस्क पर आकर एक छोटा सा प्रिंटआउट रखता है।
"ये टिकट। विंडो सीट है - सोचो, शायद बादलों के बीच क्लैरिटी मिल जाए।"

प्रशांत ने उसकी तरफ़ देखा, एक अजीब सी मुस्कान दी - "क्लैरिटी तो ज़मीन पे नहीं मिल रही, हवा में क्या मिलेगी।"

लैपटॉप फिर से खोला, पर स्क्रीन धुंधली सी लग रही थी। कर्सर blink कर रहा था, जैसे किसी जवाब का इंतज़ार कर रहा हो।

"फ़ोकस करो..." उसने खुद से कहा - पर दिल में अब भी वो नामहीन लड़की बैठी थी। जिसे लाइटर तो याद था, पर नाम अब भी एक सस्पेंस था।

— — — —

एयरपोर्ट की हल्की भीड़ में एक बेचैन सुकून था - कहीं announcements की गूंज, कहीं कॉफ़ी की महक, और अजनबी चेहरों पर जल्दी की शिकन।

प्रशांत के हाथ में बोर्डिंग पास था, और आंखों में नींद के पीछे छुपी थकान।
पर मन... वो कहीं और था।

फ्लाइट बोर्ड किया।

"सीट – 17A"

वो अपनी सीट तक पहुँचा, बैग पैरों के नीचे खिसकाया, और खिड़की के बाहर देखते हुए कुछ सोचने की नहीं, बस महसूस करने की कोशिश करने लगा।

जैसे-जैसे प्लेन ऊपर उठा, नीचे की ज़िंदगी - छतें, सड़कों पर दौड़ते लोग, गाड़ियों की कतारें - सब धीरे-धीरे सिकुड़ कर एक मिनिएचर सिटी में बदलने लगे।

हर चीज़ का शोर अब एक धीमी सी गूंज में बदल गया था।

एक पल आया जब बादल इतने पास थे कि लगता था - बस हाथ बढ़ाओ और छू लो। धूप के टुकड़े बादलों से आँख-मिचौली खेल रहे थे, और आसमान में एक अजीब-सी शांति घुली थी। प्रशांत ने खिड़की से बाहर झाँका, और बस देखा... नीचे बादल बिछे थे, जैसे कोई पुराना ख़त जिसे वो पढ़ नहीं सकता था... पर हर पन्ना जाना-पहचाना सा लगता था।

उसे फिर याद आया... पाँच साल पुराना रिश्ता - निशा।

जिसकी हँसी उसकी ज़िंदगी में धूप की तरह उतरती थी। और फिर... किसी अजीब से मोड़ पर वो चली गई - बिना मौसम बदले, बिना अल्फ़ाज़ कहे।

बादलों ने शक्लें लेना शुरू कर दिया था - कभी वो शिकायती चेहरा, कभी वो ठहरी हुई आँखें, जिनमें एक सवाल था - "क्या प्यार का मतलब सिर्फ़ साथ रहना होता है?"

उसे याद आई वो आख़िरी मुलाक़ात - एक खाली पार्क, कुछ कहने की कोशिश करती साँसें, और एक ख़ामोश विदाई... जैसे दिल ने खुद से ही मुँह मोड़ लिया हो।

बादलों से जैसे यादों की बारीश होने लगी - वो बाहर नहीं, भीतर भीग रहा था। सीटबेल्ट टाइट थी, प्लेन हवा में था... पर उसकी रूह किसी और वक़्त में भटक रही थी। हर एहसास - प्यार, टूटन, अधूरापन - जैसे सब एक साथ उसकी सीट पर बैठे थे। वो मुस्कराया भी नहीं... बस आँखें बंद कीं और एक लंबी साँस ली।

जहाज़ की रफ़्तार के साथ बादल पीछे छूटने लगे - उनमें बना निशा का चेहरा भी, और उससे जुड़ी वो धुंधली सी महक भी।

तभी - वो फिर उस अजनबी लड़की को याद करने लगा। हल्के से मुस्कुराया, और यूँ देखा जैसे अपनी ही कहानी से बाहर निकल आया हो।

एक बच्चा सीट के पार खिड़की से झाँक रहा था, हैरान, जैसे आसमान पहली बार देखा हो। प्रशांत ने उसकी मुस्कान देखी - और एक पल को उसे भी वो भूली हुई मासूमियत याद आई, जो कभी खुद में भी थी।

प्लेन हल्के से डगमगाया। प्रशांत ने फिर बाहर देखा - नीचे की धरती अब सिर्फ़ एक मैप लग रही थी, जहाँ ज़िंदगियाँ dots और lines में बंधी थीं। छोटी-छोटी इमारतें, खेत, रास्ते - सब खिलौनों जैसे।

▬▬▬▬▬

"Welcome to Mumbai" स्पीकर पर किसी रटी-रटाई सी आवाज़ ने उसका स्वागत किया। माथे पर हल्की चिपचिपी परत थी, और दिल में कुछ अजीब - सा घुटा हुआ। दिल्ली की सर्दियों से निकलकर यहाँ की हवा भारी और नम थी - जैसे कुछ कहने की कोशिश कर रही हो।

बाहर निकलते ही वो मुंबई की अराजक रफ़्तार में बहने लगा - टैक्सी की कतारें, हॉर्न का शोर, और हवा में समंदर और पसीने की मिली-जुली ख़ुशबू। मुंबई ने खुद को एक ही साँस में उसके अंदर उतार दिया।

एक क्लाइंट मीटिंग थी - होटलसे निकलकर ऑफिस, फिर एक शीशे से घिरे बोर्डरूम में। प्रोजेक्टर की हल्की रोशनी, एसी की ठंडी हवा, और कॉर्पोरेट की वही जानी-पहचानी भाषा - KPIs, margins, timelines...

प्रशांत एक मशीन की तरीके से सब करता गया - पेशेवर मुस्कान, आत्मविश्वास से भरी आवाज़, नोट्स लेना, ईमेल भेजना - सब कुछ जैसे किसी चेकलिस्ट पर टिक किया जा रहा हो। पर उसकी आँखें कभी-कभी टेबल पर बनी अपनी थकी परछाईं देख लेती थीं।

▬▬▬▬▬

मीटिंग के बाद वो सीधे होटल नहीं गया। उसके कॉलेज का दोस्त - निखिल, जो अब मुंबई में रहता था, उसे बांद्रा के एक बार में मिल गया। नीचे शहर की बत्तियाँ झिलमिला रही थीं - ऊपर व्हिस्की के दो गिलासों में हल्की सी गर्माहट थी।

"तो? कैसा लग रहा है मुंबई?" निखिल ने पूछा, नीट व्हिस्की का पहला घूंट लेते हुए।

"तेज़ ... शायद थोड़ा और ज़्यादा तेज़ मेरे लिए," प्रशांत ने हल्के से हँसते हुए कहा।

"तू तो वैसे भी ज़्यादा सोचता है। इस शहर में सर्वाइव करना है तो थोड़ा मज्जे ले, भाई." निखिल ने आँख मारी, "तेरा वो spiritual silent loner mode काम नहीं करेगा यहाँ!"

प्रशांत मुस्कुराया। कुछ देर चुप रहा, फिर बोला - "एक अजीब सी मुलाक़ात हुई थी... दिल्ली में।"

"ओह?" निखिल अब थोड़ा सीधा बैठ गया।

"एक लड़की... बस यूँ ही मिली, स्मोक ब्रेक के दौरान। नाम नहीं बताया। बस... बातों में कुछ था... और फिर चली गई।" कुछ देर की चुप्पी के बाद "I don't know why but... she's stuck in my head."

निखिल ने हँसते हुए गिलास उठाया, "बॉस, ऐसी लड़कियाँ मिलती हैं, दिल में उतरती हैं, और नाम नहीं बतातीं - सिर्फ़ इसलिए, ताकि हम व्हिस्की में उन्हें याद करें।"

प्रशांत ने हँसी में साथ दिया, लेकिन उसकी आँखें अब भी कहीं और थीं। वो धीरे से बोला "यार कुछ समझ नहीं आ रहा।"

थोड़ी देर बाद निखिल ने कहा - "देख भाई... तू निशा वाले चक्कर में जो टूटा था, वो मैंने देखा था। इतना टाइम से सिंगल है, मूव ऑन नहीं कर पाया है तू। तू अंदर से घुल गया था यार। इस बार अगर कुछ महसूस हो रहा है, तो उसे दबा मत। अगर बात आगे बढ़ती है, तो बढ़ने दे।"

प्रशांत चुप रहा। फिर बोला - "डर लगता है, निखिल... क्या पता मैं फिर वही गलती दोहरा रहा हूँ।"

"गलती नहीं थी वो," निखिल ने व्हिस्की का आख़िरी घूंट लिया। "और फिर तू कोई गलती नहीं कर रहा। अधूरी चीज़ों से भागने से वो कभी पूरी नहीं होतीं। और तू अब वो वाला इंसान नहीं है जो फिर से टूट जाएगा। इस बार अगर कुछ अधूरा है, तो शायद उसे खुद ही पूरा करना पड़ेगा। अपने पास्ट को लेकर मत बैठा रह। ये जिंदगी

एक सफ़र है, मेरे भाई। और तू एक विंडो सीट पर बैठा है। पुराने दिनों के व्यूज को एन्जॉय कर, खिड़की से देखते हुए, पीछे छूटते हुए। और आगे जिस मंजिल पर जा रहा है, उसका सोच। हां, साथ में इस सफ़र का भी मज़ा ले। निशा तेरे पास्ट का हिस्सा है। उसकी वजह से अगली मंजिल पर जाने से पहले इस सफ़र को बर्बाद मत कर, दोस्त।"

प्रशांत के चेहरे पर एक धीमी सी मुस्कान थी - थकी हुई, पर सच्ची।

रात गहराने लगी, व्हिस्की ख़त्म हुई - पर वो मुलाक़ात, वो अधूरा नाम, और वो मुस्कराहट - अब भी उसी बार की हवा में तैर रही थी।

▬ ▬ ▬ ▬

मुंबई की रातों में जो चहल-पहल थी, वो भी उस खालीपन को नहीं भर पाई।

वो होटल के कमरे की बालकनी में खड़ा होकर सिगरेट जलाता, और उसके बाद जलते हुए लाइटर को एकटक देखता - जैसे उस लपट में उसका कोई अधूरा सवाल सुलग रहा हो। एक लहर सी आई यादों की - बेंच की, उसकी मुस्कुराहट की, उस नज़र की जो थोड़ी सी टिकी, फिर छिप गई थी।

"काश तुमने नाम बताया होता..."

तभी नीचे सड़क से आवाज़ आई - कोई गिटार बजा रहा था और हल्की सी आवाज़ हवा में तैर रही थी:

"चले भी आओ कि गुलशन का कारोबार चले..."

प्रशांत मुस्कराया - "शायद ये शहर भी उसी की तरह है... दूर, भीड़ में, पर कभी-कभी बहुत पास लगने वाला

४

# On The Rocks

सोमवार की सुबह थी, लेकिन प्रशांत के लिए ये हफ्ते की शुरुआत नहीं, बल्कि किसी अधूरे संवाद का इंतज़ार था। शनिवार और रविवार यूँ ही निकल गए - बिना ऑफिस गए, बिना उसे देखे। पर आज... वो सुबह जल्दी उठा, नाश्ता ज़रा जल्दी किया, और वक़्त से पहले ऑफिस पहुँच गया।

दिल जैसे किसी अनकहे वादे की डोर से बंधा चला जा रहा था।

ब्रेक के वक़्त, जैसे ही वो नीचे आया, वही बाग़ीचा... वही बेंच... और हाँ, वही लड़की - इस बार वो पहले से बैठी मिली। बाल थोड़े बिखरे हुए, आँखों में हल्का थकान।

"उसी दिन से ग़ायब थे," उसने सीधा देखा - आवाज़ में शिकवा नहीं था, पर सवाल था।

प्रशांत कुछ पल चुप रहा, फिर हल्के से मुस्कुराया, "मुंबई गया था... काम था।"

वो कुछ नहीं बोली। उसकी नज़रें कहीं दूर टिकी थीं - जैसे कुछ सोच रही हो, या शायद किसी पुराने जवाब को फिर से दोहरा रही हो।

"क्या हुआ? सब ठीक?" प्रशांत ने बात आगे बढ़ाने की कोशिश की ।

"हाँ यार, ठीक ही है ।" उसने कहा, और साथ में हल्की सांस ली "बस... थोड़ा off हूँ आजकल ।"

प्रशांत ने जेब से सिगरेट निकाली, एक उसकी ओर बढ़ाई, एक खुद के लिए जलाई ।

"If I may know?" उसने पूछा, धुएँ की एक धीमी लकीर हवा में छोड़ते हुए ।

वो चुप रही - सिगरेट थामी, पर कुछ नहीं कहा । एक अजीब सी ख़ामोशी दोनों के बीच उतर आई ।

बाग़ीचे में पत्तों की सरसराहट थी, दूर कहीं कोई डिलीवरी बॉय बाइक स्टार्ट कर रहा था । हर आवाज़ जैसे उस ख़ामोशी को और गहरा कर रही थी ।

फिर अचानक, उसने उसकी तरफ देखा - सीधा, बिना किसी पर्दे के ।

"शाम को फ्री हो? कंपनी दोगे?" उसने पूछा, एकदम सीधे - "पीने का मन है आज ।"

प्रशांत थोड़ा चौंका, लेकिन हिचकिचाया नहीं ।

"Hmm... Sure," प्रशांत ने हल्की मुस्कान के साथ कहा ।

“कभी-कभी सच्चाई को पानी से नहीं... कुछ तेज़ चीज़ से धोना पड़ता है,” वो बोली, और एक लंबा कश लिया। “ठीक है फिर, शाम को मिलते हैं।”

“पर कैसे?” प्रशांत ने पूछा, “कोई नंबर तो दो।”

उसने सिगरेट बुझाई, और कहा - “7 बजे, यहीं मिलूँगी।”

फिर उठी, बिना कुछ और कहे। और जैसे आई थी, वैसे ही चली गई - एक और पहेली छोड़ती हुई हवा में।

▬ ▬ ▬

सात बजे वो फिर उसी जगह मिली - वही बेंच, वही पेड़, लेकिन आज उसकी आँखों में एक अजीब सी थकावट थी।

“Ready?” उसने पूछा, बिना मुस्कराए।

प्रशांत ने बस हल्का सा सिर हिलाया।

वो दोनों पैदल निकले। एक मोड़ पर जाकर ऑटो पकड़ा।

“GK चलोगे भैया?”

ऑटो आगे बढ़ा, और पीछे सीट पर थोड़ी दूरी के साथ दो लोग बैठे थे - जिनके बीच कहानियाँ थीं, पर नाम अब भी अधूरे।

बार में चमचमाती रौशनी थी, और व्हिस्की on-the-rocks उनके सामने रखी थी - जैसे किसी सच्चाई को थोड़ी देर के लिए बर्फ़ में डुबोकर ठंडा कर दिया गया हो।

“Off क्यों हो तुम?” प्रशांत ने धीरे पूछा।

वो कुछ पल चुप रही, फिर बोली - "एक लड़का था। तीन साल पहले। रिलेशनशिप में थे। Toxicity का लेवल... बस... छोड़ना पड़ा। लेकिन अब फिर से कांटेक्ट करने की कोशिश कर रहा है। मैसेज, कॉल्स... It's exhausting."

उसकी आँखें ख़ाली थीं, लेकिन आवाज़ में कोई लड़खड़ाहट नहीं थी - जैसे ये बात पहले ही कई बार दिल ही दिल में दोहराया जा चुका हो।

प्रशांत ने अपना ग्लास थोड़ा हिलाया, बर्फ़ की खनक के साथ बोला -
"Same boat. एक लड़की थी। शादी तक पहुँचे थे। पर उसके घरवालों ने... नहीं माना। ज़िद की थी मैंने, बहुत की। पर हार गया। अब उसकी शादी हो चुकी है।"

तभी, प्रशांत के ग्लास से बर्फ़ का एक टुकड़ा गिरते हुए ठं...ट की आवाज़ करता है और उसके पास गिरता है। दोनों एक पल के लिए चुप हो जाते हैं, और फिर दोनों की आँखों में हल्की मुस्कान आ जाती है। बर्फ़ का टुकड़ा जैसे थोड़ी देर के लिए इस तनाव को कम कर चुका हो।

वो उसकी तरफ़ कुछ पल देखती रही - बिना कुछ कहे। फिर मुस्कराई - एक टुकड़ा-सी हँसी का।

"यार, रिलेशनशिप के लिए लड़ने वाला एक लड़का... तो मैं भी डिजर्व करती थी।"

उसने व्हिस्की की एक और चुस्की ली।

"वैसे, कहाँ से हो तुम?" उसने पूछा।

"बिहार का एक छोटा सा गाँव... चार साल से दिल्ली में हूँ।"

"Hmm... और?"

"बस... ऑफिस से कमरा, कमरे से ऑफिस। किताबें, लैपटॉप और म्यूज़िक से थोड़ा प्यार। यही है कहानी मेरी।" प्रशांत मुस्कराया "तुम बताओ?"

"दिल्ली से ही हूँ। जनकपुरी साइड।" नाम अभी भी नहीं बताया उसने।

रात थोड़ी और गहरी हो गई थी। लगभग तीन-तीन पैग हो चुके थे। हल्की गर्मी, व्हिस्की की वो जानी-पहचानी सी तीखी गरमाहट, और कुछ सच्चाई - जो आज बिना मेहनत के बाहर आ रही थी।

ऑटो पकड़ने निकले दोनों। प्रशांत और वो पीछे की सीट पर थे - अब थोड़ा और करीब। ऑटो हवा काट रहा था, और शहर की रौशनी पीछे छूट रही थी। रास्ता ज़्यादा लंबा नहीं था, लेकिन ख़ामोश ज़रूर।

बीच रास्ते, उसकी उँगलियाँ हल्के से प्रशांत के हाथ से छू गईं। प्रशांत ने देखा - वो देख नहीं रही थी, लेकिन उसकी नज़रें कहीं दूर टिक गई थीं, जैसे किसी पुराने सोच में अटक गई हों।

फिर अचानक - बिना कुछ कहे, वो उसकी तरफ़ मुड़ी - और एक हल्की साँस के साथ, होंठ उसके होंठों से मिले।

न कोई इजाज़त माँगी गई, न कोई वजह दी गई। बस एक लम्हा
- अधूरों का।

प्रशांत को कुछ सेकंड्स के लिए समझ ही नहीं आया...
  "क्या ये सच में हो रहा है? कहीं मैं नशे में कोई सपना तो नहीं
देख रहा?"

फिर उसके गाल से वो बाल टकराए - वही बाल, जो इस अजनबी
लड़की के चेहरे को भी रोज़ छूते हैं, जैसे हर रोज़ उससे पहली
बार मिलते हों...

हाँ... ये सपना नहीं था।

प्रशांत ने भी साथ दिया - धीरे, लेकिन यक़ीन से।

उनके होंठों पर अब भी व्हिस्की की हल्की महक थी, सिगरेट की
एक जली सी गंध, और उसके परफ्यूम की नर्म सी खुशबू...

ऑटो चल रही थी - मगर वक़्त जैसे थम सा गया था। हवाएँ
उनके बीच से गुज़र नहीं पा रही थीं - इतने करीब थे वो दोनों।

फिर... प्रशांत थोड़ा झुका, उसके कान के पास फुसफुसाया -
"Lighter girl..." जैसे कोई सवाल नहीं, बस एक नाम... जो
अब भी अधूरा था।

लेकिन लड़की ने बीच में ही उसकी आवाज़ को होंठों से रोक
दिया - धीरे, बिना हड़बड़ी के, जैसे हर जवाब के लिए एक लम्हा
चुप रहना ज़रूरी हो।

कुछ सेकंड बाद, वो हल्के से पीछे हटी।

"काव्या," उसने कहा, "I'm काव्या."

━ ━ ━ ━

ऑटो धीरे-धीरे रुकी। प्रशांत का स्टॉप आ चुका था।

उसने मुड़कर काव्या की तरफ देखा - हल्की मुस्कान के साथ, जैसे कुछ कहना हो लेकिन शब्दों की ज़रूरत न हो।

"Okay then... goodnight," उसने कहा, और जाते-जाते एक हल्का-सा hug दिया - छोटा, मगर सच्चा।

"घर पहुँच कर मैसेज कर देना," काव्या ने हल्के से कहा, ऑटो के एक मोड़ पर रुकने से ठीक पहले।

प्रशांत मुस्कराया, "कैसे करूँ? नंबर तो है ही नहीं।"

काव्या थोड़ी देर उसे देखती रही - फिर एक मुस्कान के साथ अपना फोन निकाला, "अब है।"

दोनों ने एक-दूसरे के नाम के नीचे वो अधूरी रात सहेज ली।

प्रशांत नीचे उतरा, और ऑटो को जाते हुए देखा — फिर उसने मुड़कर क़ुतुब मीनार की दिशा में एक पल के लिए नजरें डालीं। रात इतनी गहरी हो चुकी थी कि क़ुतुब मीनार की रोशनी भी अब बंद हो चुकी थी, जैसे जो लोग उसे देखने आए थे, उन्हें अलविदा कहकर वह भी अब एक नई सुबह की तैयारी में सोने चला गया हो।

चुपचाप चलते हुए, एक ख़्याल आया - "संभल जा प्रशांत... फिर मोहब्बत करने चला है तू?" उसने खुद से पूछा, जैसे किसी पुराने दोस्त से बहस कर रहा हो।

एक पल के लिए रुका... फिर हल्की मुस्कान के साथ जवाब भी खुद ही दिया - "अगर मोहब्बत में कुर्बान ही होना पड़ा, तो क्यों नहीं? कम से कम जीते-जी किसी को पूरी तरह चाहने की हिम्मत तो करनी ही है..."

सड़क पर पीली लाइट की परछाइयाँ उसके साथ चल रही थीं, और दिल में कोई नर्म-सा उजाला जाग रहा था - जैसे किसी ने अंदर एक लाइटर जला दिया हो।

५

# बहाना

दिल - एक ऐसा हिस्सा है इंसानी जिस्म का, जिसे बस एक बहाना चाहिए होता है बेक़ाबू होने के लिए। एक बार वो बहाना मिल जाए... फिर ये दिमाग़ की सुनता नहीं। फिर तो जैसे इंसान खुद अपने ही दिल के पीछे चलने लगता है - दिमाग़ भी उसके इशारों पर चलने लगता है। आँखों को उस बहाने को देखने की तलब रहती है, कानों को उसकी आवाज़ सुनने की, ज़ुबान को उसके बारे में कुछ कहने की, और हाथों को... उसे छू लेने की। बस - एक बहाना।

कुछ ऐसा ही अब प्रशांत के साथ हो रहा था। घर पहुँचते ही, जैसे उसने दरवाज़ा खोला और सीढ़ियाँ चढ़ीं - फोन निकाला और WhatsApp खोला। टाइप किया:

"मैं घर पहुँच गया... तुम?" जैसे बस उसी जवाब का इंतज़ार था...

"Still on the way," उसका रिप्लाई आया।

"Okay, पहुँचना तो बता देना।"

"K... btw, thanks आज कंपनी देने के लिए - and not being a creep. "

"Thanks to you - कंपनी तो मैं ज़िंदगी भर दे सकता हूँ... तुम बस हाँ कहो।"

"अच्छा? सब शुरू में यही कहते हैं।"

"जब तुम्हें लगे, दोबारा पूछ लेना... जवाब वही मिलेगा। फिर शुरुआत को फिर से शुरू कर लेंगे।"

"Oh god! इतना lame quote कहाँ से चुराया?"

"दिल से निकला है..."

कुछ सेकंड्स टाइपिंग दिखा, लेकिन कोई मैसेज नहीं आया।

प्रशांत ने भी टाइप किया..."तुम्हारी आँखों में कुछ अजीब सा सुकून है। जैसे शहर की आवाज़ को म्यूट कर देती हों..." फिर रुक गया... पढ़ा... और डिलीट कर दिया। सिर्फ इतना भेजा: "घर पहुँचो तो बता देना।"

पाँच मिनट बाद... "पहुँच गई।"

"Okay... वैसे... तुम्हारे साथ बैठते ही मेरी व्हिस्की का taste थोड़ा बदल गया था..."

"अरे वाह, रोमांटिक Sherlock Holmes... क्या taste हुआ?"

"थोड़ा sweet, थोड़ा strong... और बीच-बीच में तुम्हारी हँसी की kick भी मिल रही थी।"

"इतनी lame flirting करने पर fine होना चाहिए!"

"Fine? तुम हो तो हर सज़ा मंज़ूर है। बस अगले बार सुनाओ मत... sip कराके सज़ा दो।"

"Hmm... लाइनें अच्छी मारते हो। कहीं लड़कियाँ गुम तो नहीं हो जातीं इनमें?"

"सिर्फ एक में अटक गया हूँ फिलहाल। बाकी सारी लाइनें बेकार लगने लगी हैं।"

"ओह wow... इतना जल्दी तो कोई मजनू भी घोषणा नहीं करता खुद को।"

"फर्क बस इतना है - मैं घोषणा नहीं कर रहा, बस बता रहा हूँ।"

"मगर बताने से क्या होगा? निभा पाओगे? टल तो नहीं जाओगे?"

"टलता तो नहीं हूँ, बस थोड़ा डरता हूँ - पर भागता नहीं।"

"फिर ठीक है। डर वाले लड़के क्यूट होते हैं। लेकिन... झूठे नहीं चलेंगे।"

"झूठ कभी बोला ही नहीं, और अब बोलूँ भी क्यों - जब सामने सच बैठा हो, व्हिस्की के ग्लास के पार।"

"अब और मत बोलो वरना रात बहुत लंबी लगने लगेगी..."

"रात लंबी तो हो ही रही है... मैंने आज नींद को छुट्टी दे रखी है।"

"नहीं नहीं, सो जाओ। Goodnight now, वरना किसी दिन तुमसे कॉल पे लोरी सुनना पड़ेगा।"

"तुम कहो तो गा भी दूँ... आवाज़ भले बेसुरी हो, दिल हमेशा सुर में रहता है।"

"नहीं नहीं... चलो, मैं सोती हूँ। Good night..."

"Good Night..."

नींद उड़ चुकी थी प्रशांत की आँखों से। बहुत वक़्त बाद वो यूँ मुस्कुरा रहा था - बिना किसी वजह, बिना किसी सोच के। उसे खुद याद नहीं, आख़िरी बार ऐसा सुकून कब महसूस किया था। जैसे कोई अधूरा हिस्सा आज चुपचाप जुड़ गया हो। कुछ ऐसा... जिसका इंतज़ार तो बरसों से था, मगर उसे खुद भी नहीं पता था कि वो इंतज़ार इसी का था।

बैडरूम की हल्की रोशनी में उसने एक सिगरेट जलाई - धुएँ के छल्ले बनाते हुए छत को देखा... और बोला:

"Alexa, play पल-पल दिल के पास"

Alexa: "Playing 'पल-पल दिल के पास' by अरिजीत सिंह..."

सिगरेट की रोशनी, गाने की धुन और दिल का धड़कता हुआ हिस्सा - तीनों एक लय में थे।

धुएँ के पार काव्या की हँसी गूंज रही थी... उसके मैसेज की टोन, व्हिस्की की गर्माहट, ऑटो का वो लम्हा - सब कुछ धीरे-धीरे मन में पीछे चलने लगा, जैसे कोई पुरानी फ़िल्म रिवाइंड हो रही हो।

प्रशांत खुद से बुदबुदाया "शायद यही है वो सुकून... जो बस मिलते ही सब आसान कर देता है।"

वो मुस्कुराया। फिर धीरे से आँखें मूँद लीं। सिगरेट की राख गिर रही थी - लेकिन दिल की कोई परत जग चुकी थी।

गाने की वो लाइन उसके कानों में ऐसे गूंज रही थी, जैसे बिना नींद के वो कोई सपना जी रहा हो -

*"सीने से तेरे सर को लगाके, सुनता मैं रहूँ नाम अपना......"*

—————

जो रूटीन पहले ऑफिस से फ्लैट और फ्लैट से ऑफिस का था - घिसा-पिटा सा, मशीनों जैसा - अब वो बदल चुका था। अब एक बहाना मिल गया था घर जल्दी ना पहुंचने का, पर ऑफिस से जल्दी निकलने का।

हर दिन एक छोटा-सा पड़ाव बगीचा में भी होता था। सिर्फ लंच ब्रेक ही नहीं, कभी-कभी शामें भी वहीं बीतने लगी थीं। वीकेंड्स पर कभी चाय की टपरी, तो कभी किसी बार की टेबल पर साथ बैठना आम बात हो गई थी।

एक और चीज़ बदली थी - दिल की वफ़ादारी।

जो पहले काम में रमा रहता था, अब धीरे-धीरे उसमें भी भ्रष्टाचार होने लगा था। जैसे दिल ने अपनी वफादारी किसी और को सौंप दी हो। अब उसका ज़्यादा वक्त काव्या की बातों, मुस्कान और यादों में बीतता। कभी छोटे-छोटे goals साथ बनाने के ख़्वाब, तो कभी पूरी ज़िंदगी की तस्वीर उसी के साथ रंगने का सपना।

काम से ध्यान यूँ हटने लगा था जैसे न कोई डेडलाइन हो, न कोई डिक्लाइनिंग KPI की फिक्र।

कभी-कभी जब काव्या ऑफिस नहीं आती, और वो साथ में सिगरेट नहीं पी पाते - तो सिगरेट भी फीकी लगने लगती। जैसे उसमें से वो स्वाद ही गायब हो गया हो, जो उसकी मौजूदगी से आता था।

और फिर वो चैटिंग में डूब जाता। बातें कुछ ऐसी होतीं -

"I'm missing you."
"Me too... पर यार, आज काम पड़ गया।"
"अकेले-अकेले सिगरेट पीनी पड़ी।"
"कोई नहीं, कल दो पिएँगे साथ में।"

कभी लंच ब्रेक, कभी ऑफिस से पहले की वो थोड़ा सा वक़्त - ये दिल अब किसी भी पल को मुलाक़ात बना लेने में माहिर हो गया था। बारिश की पहली बूँद गिरी नहीं कि दोनों किसी बहाने एक-दूसरे के पास खिंचे चले आते।

कभी कोई प्रेजेंटेशन अधूरी छोड़ दी जाती, कभी ऑफिस का दरवाजा बस वक्त से थोड़ा पहले पार कर लिया जाता - बस इसलिए कि एक कोना मिल जाए, जहाँ दो कप कॉफी और एक सिगरेट, दो लोगों की दुनिया को पूरा कर सके। कुछ रिश्ते आवाज़ नहीं माँगते, ना ही कोई औपचारिकता। हर मुलाक़ात जैसे कोई म्यूटेड लव लेटर हो - जहाँ न शब्द होते हैं, न वाक्य, सिर्फ़ एहसास की रेखाएँ होती हैं।

वो छोटे-छोटे लम्हे - एक सिगरेट का साथ पिघलता हुआ, एक मुस्कान जो बिना कहे 'मैं हूँ' बोल देती थी, और एक नज़र जो बाकी दुनिया को म्यूट कर देती थी - वहीं से हर बार एक नया इज़हार जन्म लेता।

इन्हें किसी 'relationship status' की ज़रूरत नहीं थी। ना 'love you' कहना ज़रूरी था, ना हर महीने एनिवर्सरी मनाने की। ये कहानी उन धागों से बुनी जा रही थी जो दिखाई नहीं देते, पर हर दिन थोड़ा और लिपट जाते हैं रूह के आस-पास।

जैसे सर्दी में चाय की पहली चुस्की, जैसे वीकेंड पर सुबह की नींद - इनका रिश्ता भी वैसा ही था - बिना परिभाषा का, पर हर रोज़ जीने लायक।

६

# शिउली

इज़हार कभी किया नहीं किसी ने - न प्रशांत ने घुटनों पे बैठकर फूल थमाया, न काव्या ने किसी जवाब का इंतज़ार किया। लेकिन हर रोज़, हर मुलाक़ात, जैसे एक अनकहा वादा बनता जा रहा था - बिना शोर के, बिना दबाव के।

एक बार यूँ ही अक्टूबर की चढ़ती ठंड में, दोनों राजीव चौक की किसी ठेली पर मैगी खा रहे थे। हवा में हलक़ी सी धुंध थी और पास में गुलाबी बोगनवेलिया झूम रहा था।

काव्या ने अचानक मुस्कुराते हुए पूछा - "तुमने मुझे अब तक प्रपोज़ क्यों नहीं किया?"

प्रशांत ने सिर झुकाया, जैसे जवाब सोख रहा हो - फिर हल्के से मुस्कराते हुए बोला "ज़रूरी है क्या?"

"क्यों नहीं? वो होता है ना... घुटनों पे बैठकर, फूल लेकर..."

"तो ले आऊँ?" उसने शरारती अंदाज़ में कहा, फिर आस-पास देखा... और सामने लगे बोगनवेलिया से एक फूल तोड़कर बोला - "गुलाब तो नहीं है... बोगनवेलिया चलेगा क्या?"

काव्या की हँसी में थोड़ी झेंप, थोड़ी ख़ुशी मिली हुई थी "अरे नहीं... ज़रूरत नहीं है। ऐसे ही ठीक हैं हम।"

और उसी पल, जैसे कोई अदृश्य धागा और भी कस गया। कोई ज़ोरदार इज़हार नहीं था - फिर भी सब कुछ बिल्कुल साफ़ दिख रहा था।

पर उस शाम का असली रंग कोई दृश्य नहीं था - वो थी एक महक, जो चुपचाप हर चीज़ पर अपना अधिकार जमा रही थी। शिउली की ख़ुशबू। वो हवा में घुलकर नहीं आई थी, वो हवा बन गई थी।

वहाँ से दोनों निकले - लुटियन्स दिल्ली की चौड़ी सड़कों पर उस वक़्त बाइक की आवाज़ से ज़्यादा तेज़ अगर कुछ था, तो वो उसी शिउली की धीमी, मगर असरदार उपस्थिति थी। वो हर मोड़ पर पीछा करती थी। पेड़ों की शाखों से झरती, सड़कों के किनारे चुपचाप बिखरी हुई - जैसे वक़्त ने कुछ सफेद-सुनहरे शब्द जमीन पर बिखेर दिए हों।

प्रशांत बाइक चला रहा था, मगर उसका ध्यान बार-बार भटक रहा था - नहीं, काव्या की तरफ नहीं, बल्कि उस अचानक आई सुगंध की तरफ, जो अंदर तक उतर रही थी। काव्या ने एक पल के लिए अपनी आँखें बंद कीं, और शायद खुद को सोने का बहाना बनाते हुए, अपना सिर धीरे से प्रशांत के कंधे पर रख लिया था। कोई गाना नहीं बज रहा था, फिर भी सब कुछ किसी पुराने राग की तरह महसूस हो रहा था।

शिउली की ख़ुशबू ने उन दोनों के बीच कोई नया संवाद खोल दिया था - बिना लफ्ज़ों का। हर सांस में उसका असर था। जैसे शहर की पूरी शाम उसी ने लिखी हो। उस महक में कुछ था - बीते हुए मौसमों की मासूमियत, बचपन की नींदों की मिठास, और आने वाले प्यार का कोई अनजाना वादा। वो बस ख़ुशबू नहीं थी - वो याद थी, एहसास थी, और कहानी की सबसे सच्ची लाइन। उस पल में, वो किसी फूल की नहीं - वक़्त की सबसे प्यारी चाल थी।

और काव्या-प्रशांत? वो तो बस सह-कलाकार थे उस शिउली की शाम में।

"इडियट, फिर wrong turn ले लिया तुमने।" काव्या की आवाज़ में हल्की चिढ़, पर आंखों में मुस्कान थी।

प्रशांत ने एक नज़र शीशे में उसे देखा, फिर मुस्कराया - "मंज़िल मेरे पीछे बैठी है... अब रास्ता कैसा भी हो, क्या फ़र्क पड़ता है।"

और सफ़र चलता रहा - हँसी, तकरार और छोटी-छोटी चुप्पियों के साथ। कभी-कभी वो उसके कंधे पर सिर रखकर हल्की झपकी ले लेती - और प्रशांत, बस धीमी चाल में बाइक चलाता रहता। हवा में शिउली की खुशबू तैरती, और वो सोचता - "बस यही तो ज़िंदगी है... ना प्लान, ना परिभाषा... बस ये साथ।"

७

# बुरी आदत

वक़्त के साथ-साथ प्रशांत का प्यार और उम्मीदें दोनों गहराती चली गईं। पर मिलना अब पहले जैसा नहीं रहा था। कभी प्रशांत ऑफिस के कामों में उलझा होता, तो कभी काव्या को जल्दी घर लौटना होता। वीकेंड्स पर भी अब वो कम मिलने लगे थे। जब भी प्रशांत कहता, "चलो, कम से कम घर तक छोड़ देता हूँ... रास्ते भर का थोड़ा वक़्त ही सही," काव्या अक्सर टाल जाती - "आज थकी हुई हु, घर जल्दी जाना है, आज दोस्तों से मिलना है..." इन छोटी-छोटी दूरियों में कोई शिकायत नहीं थी, कोई कसक नहीं, बस एक हल्की-सी कमी थी... जो रिश्तों में फासले नहीं, गहराइयाँ ला रही थी। प्रशांत अब और ज़्यादा कोशिश करता मिलने की। अगर काव्या कहती, "थोड़ी देर मिल सकते हैं," तो वो बिना वक़्त गंवाए पहुँच जाता। एक तरह से, इस रिश्ते में टाइमटेबल जैसे काव्या संभालती थी... और भविष्य की सारी प्लानिंग- जैसे प्रशांत के हिस्से थी।

एक फ़्राइडे की शाम कुछ अलग थी।

काव्या का मैसेज आया - "Come downstairs. Mood off है थोड़ा।"

प्रशांत ने ज़रा भी देर नहीं की। कंप्यूटर लॉक किया, बैग उठाया, और लिफ़्ट से सीधे नीचे।

वो वहीं बैठी थी - बगीचा के उसी कोने में, जहाँ पहली बार दोनों की मुलाक़ात हुई थी।

"क्या हुआ?"

"कुछ नहीं... बस वैसे ही।"

"वैसे ही का मतलब हमेशा बहुत कुछ होता है।"

काव्या ने धीरे से सिर उसकी ओर मोड़ा। आँखों में हल्का-सा लालपन था - शायद थकान, शायद कुछ और। लेकिन चेहरा अब भी उतना ही शांत, उतना ही ठहरा हुआ।

"ऑफिस में एक लड़के ने मुझे प्रपोज़ किया दो दिन पहले।"

"अच्छा..."

"वैसे समझा दिया उसे... कि हम कुछ नहीं, बस अच्छे दोस्त हैं।"

प्रशांत कुछ नहीं बोला। बस चुपचाप उसके पास बैठ गया।

काव्या बोलती रही - "लड़का ठीक है, पर कभी-कभी थोड़ी हद पार कर देता है। अगर ज़्यादा करेगा तो बात करना ही बंद कर दूँगी।"

"उसे हमारे बारे में पता है?"

"नहीं।"

"बता दो... अपने तरीके से। शायद फिर पीछा छोड़ दे।"

"अरे, कोई नहीं। अपने आप सब ठीक हो जाएगा।"

प्रशांत ने फिर कुछ नहीं कहा। जेब से सिगरेट निकाली, जलाई... दो कश लिए... और फिर चुपचाप काव्या की ओर बढ़ा दी।

काव्या ने एक कश लिया और पूछा - "तुम्हें गुस्सा नहीं आया? उसके प्रपोज़ करने की बात से?"

प्रशांत ने उसकी आँखों में देखते हुए मुस्कुराकर कहा - "काव्या, वो कोई और है। तुम 'अपने' हो। मुझे तकलीफ़ या गुस्सा तब होगा जब तुम कुछ ऐसा करोगी जिससे फ़र्क पड़े। और तुमने ये बात बखूबी हैंडल कर ली है। तो मुझे क्यों परेशानी हो?"

कुछ पल दोनों के बीच खामोशी रही। वो वाली खामोशी जो अजनबी बनाती नहीं, बल्कि थोड़ा और पास ले आती है।

फिर काव्या ने धीरे से पूछा - "कभी सोचा है... हम कहाँ जा रहे हैं?"
प्रशांत ने आसमान की तरफ देखा और मुस्कुरा दिया - "नहीं। शायद इसलिए क्योंकि पहली बार कुछ अच्छा लग रहा है... तो सोचना नहीं चाहता।"

काव्या ने उसकी तरफ देखा - उसकी मुस्कराहट में खुद को पढ़ने की कोशिश करते हुए "तुम्हारी ये बेवकूफ़ियाँ भी अच्छी लगने लगी हैं।"

"तो फिर समझ लो... ये इन्फेक्शन फैल चुका है।"

— — ■ —

अंदर ही कहीं कुछ धीरे-धीरे बदल रहा था -जैसे हर मुस्कान के पीछे कोई अधूरी सी बात दबी हो। कभी-कभी, जब सब कुछ 'ठीक' दिखता है... तभी सबसे ज़्यादा कुछ 'ठीक नहीं' होता। प्रशांत अब उतना सहज नहीं था, जितना बाहर से नज़र आता था। काव्या की प्राथमिकताएँ धीरे-धीरे बदल रही थीं - जो कभी उनके बीच एक रोज़ का रिवाज़ था, अब बस एक 'अगर वक़्त मिला तो' वाली संभावना बनकर रह गया था। लेकिन शिकायत करने वाला वो नहीं था। वो चाहता था कि हर छोटी बात - एक इशारे में, किसी हँसी की हल्की परछाईं में, या सिगरेट के एक कश के साथ - खुद-ब-खुद सुलझ जाए।

और शायद, बस इसी उम्मीद में... एक और शाम सिगरेट फिर से जली-

"तुम कुछ मायनों में बिल्कुल इस सिगरेट जैसी हो..." प्रशांत ने धीमे-धीमे धुएँ की एक लहर हवा में उड़ाई - जैसे कोई ख़्याल, जो अधूरा होकर भी बहुत कुछ कह जाए। "और कुछ मायनों में... इससे बिल्कुल अलग।" फिर होंठों के दाईं ओर सिगरेट को दबा कर, सांसों के सहारे धीरे-धीरे धुआँ भीतर खींचने लगा। उसकी आवाज़ में एक गहराई थी, शाम के नीलेपन जैसी - जो ठंडी भी लगती है और थोड़ी थकान भरी भी।

काव्या मुस्कुराई, और उसके हाथ से सिगरेट खींच ली - "कौन लड़का अपनी गर्लफ्रेंड को सिगरेट से तुलना करता है?" उसने मज़ाकिया तंज कसा। "अब तक जितने भी लड़के मिले, सब ने मुझे या तो चाँद कहा या फिर फूलों से तुलना किया..." सिगरेट होंठों के बीच रखी, और एक धीमा कश लिया - धुआँ उसके चेहरे के पास घूमता हुआ शाम के रंगों में घुलने लगा।

"फूल... और तुम?" प्रशांत हँस पड़ा । "फूल कहने वाला या तो fool रहा होगा... या फिर उसे तुम्हारा नशा चढ़ा ही नहीं होगा ।"

"ओह, तो अब मैं फूल नहीं हूँ तो सिगरेट कैसे हो गई?" काव्या ने सिगरेट वापस दी - बड पर लगी उसकी लिपस्टिक की हल्की सी परत अब भी वहाँ थी ।

प्रशांत ने सिगरेट वहीं से पकड़कर, उसे ठीक उसी एंगल से होंठों के बीच रखा - जैसे कोई निशान फिट करने की कोशिश हो रही हो अपने होठों पर ।

"सिगरेट से नशा नहीं होता..." उसने एक गहरा कश लिया । "आदत लगती है - वो भी ऐसी, जो जानते हैं जानलेवा है... पर जिसे छोड़ना नहीं चाहते ।"

"मतलब मैं जानलेवा हूँ?" काव्या ने आँखों में झाँका - वो शरारती चमक अब भी थी... पर इस बार उसमें कुछ सवाल छिपे थे । शायद कुछ डर भी ।

प्रशांत ने धुएँ के उस पार से उसे देखा - "जानलेवा तो नहीं कहूँगा... पर कुछ वैसा ही ज़रूर हो । एक दिन भी न मिलो, तो वैसे ही बेचैनी होने लगती है - जैसे सिगरेट न मिली हो दिन भर..." उसकी नज़रें अब दूर कहीं खो गईं थीं, जहाँ शाम की हल्की रौशनी धुंध बनकर पिघल रही थी ।

"और अब जब तुम ऑफिस छोड़ रही हो... पता नहीं फिर ये आदत कैसे निभेगी..."

काव्या की हँसी में एक ठहराव था - "अरे बुद्धू... ऑफिस बदल रही हूँ, शहर नहीं। मिलते रहेंगे।"

"पर वीकेंड में तुम अक्सर मिलती नहीं हो... और शाम को घर जल्दी भाग जाती हो। एक यही सिगरेट-ब्रेक था - जहाँ आमने-सामने बैठकर बातें हो जाती थीं..."

"अब सिगरेट-ब्रेक में नहीं मिलूँगी, तो वीकेंड में मिलेंगे न।"

अब तक शाम थोड़ी और गहरी हो चुकी थी। फीकी रौशनी में दोनों के चेहरे धुंधले पड़ने लगे थे। पास से आती लाइट की झिलमिलाहट में सिगरेट का अंगारा चमक रहा था - जैसे कोई धीमी-सी आख़िरी उम्मीद जल रही हो।

"छोड़ दो," काव्या ने धीमे से कहा, "ये आदत बुरी है।"

प्रशांत ने सिगरेट की ओर देखा... फिर उसकी ओर - "इतना आसान है क्या?"

"नहीं छोड़ोगे, तो बीमार हो जाओगे।" उसका लहजा अब भी नरम था, पर कहीं गहराई में एक खौफ छिपा था।

"काश आसान होता," वो हँसा, वो वाली हँसी जो तकलीफ़ को छुपाने के लिए आती है। "अब जो होना होगा... वो होगा।"

काव्या कुछ पल चुप रही, फिर धीरे से बोली - "ढीठ हो तुम बहुत... खुद से ज़्यादा इस बुरी आदत की पड़ी है?"

प्रशांत ने उसकी आँखों में देखते हुए कहा - "अब इस आदत से... प्यार हो गया है। क्या करें?"

काव्या की पलकें एक पल को थमीं। फिर वो झुकी, उसकी उँगलियों से सिगरेट ली - अधजली, आधी बुझी हुई।

"प्यार है तो छोड़ दो।"

"प्यार तो आज़ादी देता है... ज़हर नहीं बनता।"

धुआँ अब भी हल्के-हल्के उनके बीच तैर रहा था - जैसे बात अधूरी रह गई हो, या कोई जज़्बात जिसे हवा ने ठीक से छूने ही न दिया हो।

काव्या पीछे मुड़ी नहीं, बस धीमे क़दमों से आगे बढ़ने लगी। "अच्छा... रात को मैसेज करती हूँ," उसने बिना देखे कहा, "बाय!"

प्रशांत ने थोड़ी देर चुप रहकर बस इतना कहा - "अरे सुनो... मैं छोड़ देता हूँ घर।"

काव्या के क़दम ज़रा भी नहीं रुके। "नहीं, आज नहीं... फिर कभी।" आवाज़ अब भी नर्म थी, पर उसके भीतर कुछ ऐसा था - जो दूरी को ज़रूरत बना रहा था।

प्रशांत वहीं बेंच पर बैठा रह गया - सिगरेट बुझ चुकी थी, पर उसकी आँखों के सामने अब भी वही धुआँ था, वही धुंध, जिसमें काव्या धीरे-धीरे दूर होती जा रही थी। सिर्फ उस वक़्त नहीं... बल्कि हर उस लम्हे में, जब वो पास होकर भी थोड़ी दूर सी हो जाती थी। उसे एहसास हुआ - कुछ रिश्ते ऐसे होते हैं जो सिगरेट की तरह जलते रहते हैं। आँखें नम नहीं होतीं, पर अंदर धीरे-धीरे राख जमा होती जाती है। और फिर एक दिन... वो राख भी उड़ा दी जाती है - बस आदत बच जाती है। प्रशांत ने जेब से एक और सिगरेट निकाली, पर इस बार लाइटर जलाते वक़्त उसके हाथ थोड़े काँपे। शायद हवा तेज़ थी... या फिर कुछ और बुझ गया था उसके अंदर।

८

# Okay

कहते हैं ना - जब आप किसी चीज़ के बारे में ज़्यादा सोचने लगते हो, तो वो हर जगह नज़र आने लगती है। जैसे अगर आप पीली कार के बारे में सोच रहे हों, तो सड़क की भीड़ में भी अचानक हर तरफ़ पीली कारें दिखने लगती हैं। प्रशांत के साथ भी कुछ ऐसा ही हो रहा था।

उसे लगने लगा था कि काव्या में बदलाव आ गए हैं - शायद ये बदलाव पहले से थे। लेकिन अब, जब नज़र ठहरने लगी... तो हर हँसी में कोई अनकहा सवाल दिखता, हर जवाब में एक हलकी-सी दूरी चुभती। पहले जहाँ काव्या देर तक बैठे रहने का बहाना ढूंढा करती थी, अब वो समय से पहले निकल जाने की वजहें ढूंढने लगी थी। पहले जहाँ उसकी नज़रों में ठहराव होता था, अब हलकी सी बेचैनी तैरती थी। शुरुआत में प्रशांत ने नज़रअंदाज़ किया। लेकिन दिमाग़ का क्या - जो एक बार संदेह का चश्मा पहन ले, तो फिर सब कुछ बदला-बदला दिखता है - हर मुस्कान में दरारें दिखने लगती हैं, हर बात में छुपे हुए मतलब।

एक शाम, जब वो उसे मिलने पहुँचा - वही बगीचा, वही बेंच... लेकिन इस बार वहाँ कोई और भी था। उसके कदम धीमे हो गए। वो दूर से देख रहा था - काव्या एक लड़के से लाइटर ले रही थी... और सिगरेट सुलगा रही थी। उसके बालों की एक लट धीरे

से फिसली और गाल पर आ गिरी ठीक वैसे ही जैसे पहली बार उसने देखा था। वो लड़का भी एकटक उसे देख रहा था - ठीक उसी तरह जैसे कभी प्रशांत देखा करता था। प्रशांत खुद ये सब दूर से देख रहा था। बिल्कुल उसी बेंच से कुछ कदम दूर, जहाँ कभी उसकी कहानी शुरू हुई थी।

सामने सिमल के पेड़ अब सूख चुके थे। जहाँ कभी लाल-गुलाबी फूल झरते थे, अब टहनियाँ नंगी थीं - जैसे वक़्त ने उनके हिस्से की सारी ख़ुशबू, सारे रंग छीन लिए हों। दिल्ली की हवा में भी एक अजीब-सी उदासी थी। वो ना तो पूरी सर्दी थी, ना ही वसंत आया था - बल्कि वो बीतती हुई ऋतु थी, जो न अपने ठहराव में सुकून देती थी, और न अपने बदलते रूप में कोई उम्मीद।

प्रेम भी शायद कुछ वैसा ही होता है - जब वो अपने पूरे रंग में होता है, तो आँखें झपकाने का मन नहीं करता। लेकिन जब वो झरने लगता है, तो हर झरे हुए पत्ते में सिर्फ़ एक ही सवाल रह जाता है - "कहाँ चूक गए हम?"

प्रशांत पीछे मुड़ा... और धीमे क़दमों से लौट पड़ा। जैसे किसी धुन का अंतिम सुर - जो बज तो रहा है, पर अब सुनाई नहीं देता। हर क़दम किसी भारी याद की तरह था। उसकी आँखों के आगे वो पहला दिन घूम गया - वो भी एक लम्हा था - जब पहली बार देखा था उसे, उसी मासूमियत, उसी लापरवाही के साथ सिगरेट जलाते हुए। तब भी वो लट गिरी थीं उसके चेहरे पर ऐसे जैसे अब गिरी... बस फर्क इतना था - तब वो लड़का प्रशांत था... आज कोई और।

"शायद यही इत्तेफ़ाक सबसे ज़्यादा चुभते हैं..." उसने सोचा।

वो चाहते हुए भी ठहर नहीं सका, पूछ नहीं सका -
  "कौन था वो?"
  "क्यों?"
  "क्या अब मेरी जगह कोई और ले रहा है?"

लेकिन इन सवालों से ज़्यादा डर उसे उस जवाब से था... जिसे वो शायद पहले से जानता था। वो चलते हुए मुड़ा नहीं, पीछे देखा नहीं - बस चलता रहा, जैसे लौटना कोई फ़ैसला नहीं, एक मजबूरी हो... खुद को बचाने की।

फोन वाइब्रेट हुआ। काव्या का मैसेज था - "कहाँ हो?"

प्रशांत ने टाइप किया - "घर निकल गया। आज तबियत कुछ ठीक नहीं लग रही थी।"

थोड़ी देर बाद जवाब आया - "Okay... तो फिर बताया क्यों नहीं? इंतज़ार करवाया यूँ ही।" बस। इतना ही कहा उसने।

प्रशांत स्क्रीन को थोड़ी देर तक घूरता रहा - "बताया क्यों नहीं..." उसके अंदर किसी ने फुसफुसाया - "पूछा भी नहीं कि क्या हुआ..." उसके पेट में एक अजीब सी गाँठ सी बनने लगी। जैसे कुछ कहना था, पर आवाज़ गले में ही अटक गई हो।

वो सोचने लगा -
  "अगर मैं होता उसकी जगह... क्या मैं ऐसे जवाब देता?"
  "क्या अब उसे को कोई फर्क नहीं पड़ता? या कभी नहीं पड़ा?"

ट्रैफिक के शोर के बीच, उसके कानों में वही आवाज़ गूंजती रही - "Okay..." इतना ठंडा, इतना... सामान्य। उसने खुद से कहा - "शायद ज़्यादा सोच रहा हूँ।"

पर दिमाग़ कहाँ मानता है इतनी आसानी से। वो फिर वही पुरानी फ़ाइल खोल बैठा - काव्या का लहजा जो पिछले कुछ दिनों से ज़रा अलग सा हो गया है, वो बातें जिन्हें अब वो टाल देती है, वो प्लान्स जो आख़िरी वक़्त पर अचानक कैंसल हो जाते हैं... और सबसे ज़्यादा - वो छोटी-छोटी बातें जो पहले पूछी जाती थीं, अब बस ख़ामोशी में गुम हो जाती हैं।

उसे याद आया - पहले काव्या पूछती थी - "अभी ठीक हो? कुछ हुआ क्या?"

अब वो कहती है - "Okay"

━ ━ ━ ━

प्रशांत घर नहीं जा सका। उसके कदम जैसे अपने आप बार की ओर बढ़ रहे थे, जैसे कहीं ना कहीं वो जानता था कि उसे यहाँ आकर ही खुद को ढूंढ पायेगा।

दरवाज़ा खोलते ही एक हल्की सी हवा का झोंका उसे छू गया, जैसे ये एक नया माहौल था, एक ऐसा माहौल जिसमें वो कुछ वक़्त अकेले रहकर अपनी उलझनें सुलझा सके।

बार के अंदर आते ही, उसने बर्फ़ के साथ एक गिलास व्हिस्की का घूंट लिया। ग्लास की पारदर्शी सतह पर बर्फ़ के टुकड़े धीरे-धीरे घुल रहे थे, जैसे उसकी सोच भी अपनी पहचान खोती जा रही थी। हर घूंट के साथ, अंदर का खालीपन थोड़ा और बढ़ रहा था, जैसे गिलास की तरह वो भी आधा भरा, आधा खाली हो गया था।

काव्या की यादें, उनके पल, उनका प्यार, अब सब कुछ धुंधला सा हो रहा था। क्या ये प्यार था या बस एक ख्वाब, जो धीरे-धीरे टूटने की कगार पर था? क्या वो भी कभी यही महसूस करती थी, या फिर ये सब बस उसकी सोच का हिस्सा था?

वो अपना दूसरा घूंट लेने के लिए गिलास उठाता है, और सोचता है - "क्या अब ये सिर्फ़ एक आदत भर रह गई है? अगर हाँ... तो मैं इसे भी छोड़ दूँगा।" ये सोचते हुए उसने एक और पैग भरा। प्रशांत ने गिलास होंठों से लगाया, और जैसे ही बर्फ़ की टकराती हुई आवाज़ उभरी, उसे ऐसा लगा - जैसे अंदर कुछ दरक रहा हो। जैसे दिल की किसी कोने से कोई आख़िरी उम्मीद, आख़िरी आवाज़ टूटकर गूंज रही हो।

"इससे पहले कि वो मुझसे दूर हो... मैं ही दूर हो जाऊँ उससे," प्रशांत ने मन में तय किया। उसकी आँखों में गुस्सा था... पर उसके नीचे छुपा डर भी था। दर्द था... पर शब्दों से परे।

उस रात, उसने जमकर पी। हर घूंट में जैसे एक-एक याद डुबो दी। हर पैग में जैसे कोई फ़ैसला घोल दिया। बाहर की हवा अब ठंडी हो चुकी थी। और अंदर - वो धीरे-धीरे सुन्न होता जा रहा था। कब उसने कैब बुक की, कब घर पहुँचा, याद नहीं... बस इतना याद है - वो दरवाज़ा बंद करके बिस्तर तक पहुँचा... और फिर, गिर पड़ा - जैसे अपने ही जज़्बातों के वज़न से बेहाल हो गया हो।

# धुंधला चाँद

धीरे-धीरे, शराब का नशा आदत बनता जा रहा था प्रशांत के लिए। काव्या से वो खुद को धीरे-धीरे अलग करने लगा था - उसके मैसेज आते, तो बस एक-दो शब्दों में जवाब देता। वो मिलने को कहती, तो किसी न किसी बहाने से टाल देता। और जब मिलना होता भी... तो वो वही पुराना प्रशांत नहीं होता। उसकी आँखों में एक थकान होती... बातों में एक ख़ामोशी... जैसे कुछ भीतर से टूट चुका हो, पर वो टूटा हुआ हिस्सा ज़ुबान तक ना आया हो।

काव्या समझ नहीं पा रही थी कि आख़िर हो क्या रहा है। वो पूछती - "क्या हुआ?"

और प्रशांत हर बार एक ही जवाब देता - "सब ठीक है... बस तबीयत थोड़ी ढीली है।"

पर असल में, तबीयत नहीं... कहीं अंदर से कुछ और ही धीमे-धीमे बीमार हो रहा था। वो चाहकर भी कह नहीं पा रहा था कि उसे असल में तकलीफ़ किस बात की है। हर बार जब वो दिल खोलने की कोशिश करता - काव्या टाल देती, हँस कर कहती - "तुम ज़रूरत से ज़्यादा सोचते हो, प्रशांत। Overthink करते हो हर चीज़ को।"

और बस... वही लाइन जैसे उसकी आवाज़ बंद कर देती थी। शब्द गले में अटक जाते, और भावनाएँ वापस अंदर धकेल दी जातीं - जहाँ वो हर दिन और थोड़ा सड़ती रहीं।

एक रात... चुपचाप सी। दिल्ली का आसमान धुंधला लग रहा था, चाँद बदल के पीछे से झाँक रहा था , जैसे किसी ने चाँद पर blur effect लगा दिया हो। मौसम कुछ ऐसा था कि लगता था जैसे बारिश होगी, लेकिन यकीन से कुछ कहा नहीं जा सकता। हवा में एक अजीब सी बेचैनी थी - जैसे किसी तूफ़ान ने दरवाज़े पर दस्तक दे दी हो। क़रीब एक बजे का वक़्त था।

प्रशांत छत पर उसी धुंधले चाँद को देखते हुए एक आख़िरी पैग लिया और फिर लड़खड़ाते हुए फोन निकाला। उसने एक छोटा सा मैसेज टाइप किया - "Call कर सकते हो क्या?"

कुछ देर बाद, स्क्रीन पर चमक उठी - Kavya calling... प्रशांत ने कॉल उठाई, लेकिन कुछ पल तक चुप रहा।

"क्या हुआ, रात को अचानक?"

काव्या की आवाज़ में उलझन थी, लेकिन एक हलकी सी चिढ़ भी।

"बस... कुछ कहना था।" प्रशांत ने थके हुए स्वर में जवाब दिया, जैसे वो कुछ और ही सोच रहा हो।

"फिर से कुछ सोच लिया तुमने?"

"तुम जानती हो न, मैं overthink करता हूँ... पर तुम कभी ये नहीं पूछते कि सोचता क्या हूँ?" प्रशांत की हंसी थी, लेकिन गहरी तकरार छुपी हुई थी।

"फिर से पी रखी है न तुमने?"

"दारू की छोडो यार, तुमने कभी ये सोचा है कि मैं overthink क्यों करता हूँ इतना? शायद मैं इसलिए नहीं बोलता... क्योंकि मुझे डर लगता है कि तुम सुनोगी भी नहीं। जैसे अब नहीं सुन रही हो!" आवाज़ तीखी हो गई थी, जैसे शब्दों से ज्यादा कोई गहरी पीड़ा छलक रही हो।

"तो अब क्या चाहते हो? कह दो साफ़-साफ़।"

थोड़ी देर चुप रहकर, प्रशांत बोला, इस बार आवाज़ में कोई ज़बरदस्ती नहीं थी, बस एक थकी हुई सच्चाई थी - "मुझे लगता है, हमें ये सब ख़त्म कर देना चाहिए।"

काव्या की साँस रुक गई। एक पल के लिए सब कुछ ठहर सा गया।

"क्या बोल रहे हो तुम?"

"बोल रहा हूँ कि तुम आज़ाद हो। मुझसे भी, इस उलझन से भी। तुम कुछ बोलती नहीं, पूछती नहीं... बस मुझे इग्नोर करती रहती हो। तुम तो कहती थीं कि मैं overthink करता हूँ - अब नहीं करूँगा, ठीक है?" प्रशांत की आवाज़ कड़ी थी, लेकिन आँखों में आँसू थे।

"तुम बस थके हुए हो, प्रशांत। ये जो वक़्त है, ये जो नशा है... ये हम नहीं हैं। मैं यहीं हूँ, अब भी।"

काव्या का स्वर अब ठंडा था, जैसे वो खुद अपने मन को संभालने की कोशिश कर रही हो।

"नहीं, तुम कहीं और हो। मैं तुम्हें हर जगह ढूँढता हूँ, पर मिलती नहीं हो। तुम बदल गई हो, काव्या। और मैं... मैं खुद को संभाल नहीं पा रहा हूँ।"

इस बार, वह कुछ नहीं बोल सका। बस चुप रहा। एक बेमिटी सी ख़ामोशी थी, जिसमें शब्द अपने आप गुम हो गए थे।

काव्या ने फिर कहा, इस बार आराम से, जैसे वह जानती हो कि अब और कोई रास्ता नहीं बचा - "अभी तुम नशे में हो। कल बात करती हूँ जब तुम ठीक होगे। और छोड़ दो ये आदत, बात मान, ये तेरे लिए सही नहीं है।"

प्रशांत जैसे रो पड़ा। वह क्या कहे, कोई शब्द नहीं थे उसके पास। बस महसूस हो रहा था कि अब जो होना था, वो हो चुका था।

"अगर तुम ख़त्म करना चाहते हो - तो कर लो। मैं नहीं रोकूँगी। चल, बाय। कल बात करना जब तुम होश में होंगे।" उसकी आवाज़ में अब ठंडक आ गई थी, जैसे उसने अपनी सारी उम्मीदें खो दी हो।

"काव्या... रुक। मैंने ऐसा नहीं कहा था। बस... थोड़ा उलझा हूँ। समझ मेरी बात। प्लीज़। मैं सच में तुम्हें अपनी ज़िन्दगी में चाहता हूँ। लेकिन मैं फंस चुका हूँ।"

उसके बाद, काव्या ने फोन काट दिया, जैसे हर बात खत्म हो गई हो ।

प्रशांत बार-बार कॉल करता रहा, लेकिन कोई जवाब नहीं मिला । फिर उसने मैसेज भेजा - "I'm sorry... please मुझसे बात कर लो ।" और फिर कुछ देर बाद एक आख़िरी जवाब आया - "सोने दो, कल ऑफिस है ।" और फिर... बस मैसेज seen होना बंद हो गया ।

१०

# Whatever It Takes

कभी-कभी, जो शब्द हम किसी से कहना चाहते हैं... वही सबसे ज़्यादा देर से आते हैं। और जब तक आते हैं, तब तक रिश्ते में एक नमी नहीं, एक दरार आ चुकी होती है - ऐसी दरार जो न दिखती है पूरी तरह, न भरती है आसानी से। प्रशांत बस वहीं बैठा रहा - छत पर, खाली बोतल के पास, धुंधले चाँद की आखिरी झलक के नीचे। हवाओं में अब भी वही कड़वाहट तैर रही थी, जो अभी-अभी हुई बातचीत से उठी थी।

उसके मन में कुछ पंक्तियाँ गूंज रही थीं, बार-बार... "तुम कहती हो कि तुम यहीं हो। पास हो। पर जो तुम कहती हो... और जो तुम करती हो - वो दो अलग बातें हैं, कव्या। तुम्हारी आँखों में जवाब नहीं होते, बस पलटती हुई निगाहें होती हैं। क्या इतना भी मुश्किल है कि हम खुलकर बात कर सकें?"

रिश्तों की सबसे बुनियादी ज़रूरत क्या यही नहीं होती? सुनना और सुना जाना? पूछना और सच में जानना? ठहरना, जब दूसरा लड़खड़ाए। पर अब जैसे हर बात के जवाब में एक चुप्पी दी जाती है। एक ऐसी चुप्पी जो न समझ आती है, न सहन होती है।

प्रशांत जानता था, वो टूट रहा है - पर वो ये भी जानता था कि वो टूटकर बिखरना नहीं चाहता। वो अब भी चाहता था कि ये

सब सुधरे। उसकी साँसों में अब भी काव्या थी - हर एक धड़कन में।

"मैं फिर से ठीक करूँगा सब कुछ," उसने खुद से कहा, जैसे किसी वादे की तरह।

"जो करना होगा, करूँगा। जितनी मेहनत लगे, उतनी करूँगा। I need you. Whatever it takes... I will do that."

उसकी आँखें अब भी नम थीं, पर उनमें एक अजीब सी ठान ली गई थी - जैसे हार मानना अब उसके लिए कोई विकल्प नहीं था। जैसे वो उस रिश्ते की आख़िरी साँस तक लड़ना चाहता हो।

अगली सुबह... आँख खुली तो सिर भारी था, और दिल उससे भी ज़्यादा। रात की बातें किसी पुराने ज़ख़्म की तरह अंदर चुभ रही थीं। सबसे पहला काम - फोन उठाया। कोई मैसेज नहीं। उसने एक छोटा सा "Good morning" भेजा। फिर थोड़ी देर बाद - "प्लीज़ बात कर लो, बस दो मिनट।" कोई जवाब नहीं आया। वो दिन ऐसे ही गुज़रा, जैसे वक़्त ने करवट लेना बंद कर दिया हो। दोपहर में कॉल किया - रिंग जाती रही। शाम को फिर किया - अबकी बार सीधा कट हो गया।

हर सुबह उम्मीद होती कि आज शायद बात हो जाए, और हर रात वही बेचैनी लिए वो सो जाता - खालीपन को सीने से लगाकर। इन तीन दिनों में, उसने खुद से भी बात करने की कोशिश की - खुद को समझाया, झिड़का, बहलाया। मगर जब कोई इंसान तुम्हारे अंदर तक उतर चुका हो... तो फिर उससे दूरी सिर्फ फिज़िकल नहीं होती, वो हर चीज़ में महसूस होती है। कभी पुराने voice notes चला कर सुनता रहता - काव्या की हँसी, उसका "idiot" कहने का अंदाज़, उसका "I miss you...." सब कुछ

अब किसी और ज़माने की चीज़ लगने लगी थी। Instagram खोलता - उसकी प्रोफ़ाइल पर जाकर वो फोटो देखता जिन्हें शायद कभी ठीक से देखा भी नहीं था। गैलरी में पुराने स्क्रीनशॉट, सेल्फी... जो कभी रूटीन थे, अब सब nostalgia लगने लगा था। रात को नींद आती नहीं थी - और नींद आती भी तो सपने उसी के होते। और सबसे अजीब बात? अब रास्ते में कहीं भी मंदिर दिख जाए - तो रुक जाता। सर झुकाता। वो लड़का जो कभीपूजा-पाठ से दूर भागता था... अब आँखें बंद करके बस एक ही बात मांगता - "भगवान, बस सब ठीक कर दो। बस एक बार और... एक मौका।"

चार दिन बीत गए। चौथे दिन... हलकी बारिश वाली शाम ढलने लगी थी। चार दिन - कोई कॉल नहीं, कोई मैसेज नहीं, कोई जवाब नहीं।

बारिश थमी नहीं थी, बस ज़रा धीमी हो गई थी। आसमान में हलकी सी नमी लटकी हुई थी, जैसे किसी अधूरे अल्फ़ाज़ की तरह। प्रशांत वहीं बैठा था - उसी पुराने बेंच पर, उसी कोने में, जहाँ कभी वो दोनों पहली बार आमने-सामने आए थे। तभी पीछे से आवाज़ आई - "बैठने दो आज पास... भीगने का मन है थोड़ा।" काव्या थी। वही मुस्कान... बस आज आँखों में शांति थी, जो कई दिनों से ग़ायब थी।

प्रशांत उसकी तरफ देखा, मुस्कराया - "मैं तो यही था... बस तुम आ गईं।"

"मैं गई ही कब थी?" - काव्या धीरे से बोली।

एक पल को चुप्पी छाई। बारिश की बूँदें अब पत्तों पर गिरने लगी थीं। प्रशांत ने उसकी तरफ देखा, गहरी साँस ली - "कव्या, मैं सच में डर गया था। मुझे लगा... तुम दूर जा रही हो। और पता नहीं क्यों, मेरा मन मान ही नहीं रहा था कि हम ठीक हैं।"

काव्या थोड़ी पलटी, सीधे उसकी आँखों में देखा - "तुम्हारा मन overthinker है, जानती हूँ। पर मैं अब भी यहीं हूँ। उस दिन भी थी, आज भी हूँ। और अगर तुम्हें फिर भी यकीन नहीं होता..." वो एक सेकंड रुकी, फिर धीमे से बोली - "तो कसम खाती हूँ। तुम्हारी कसम।"

प्रशांत चुप। एक पल को आँखें झपकना भूल गया। फिर हल्का सा मुस्कराया - "अरे वाह... अब तो डर लगने लगा है। कहीं सच में मेरी जान ना चली जाए। वैसे ये बताओ ये कसम वाला डिश कहा से आर्डर किया?"

यह बोलते हुए, काव्या ने प्रशांत का कॉलर हल्के से ठीक किया, उसकी अंगुलियाँ उसके कॉलर पर नर्म सी सफाई के साथ दौड़ीं। जैसे वह न सिर्फ़ उसके लुक, बल्कि उसके भीतर की उलझन को भी ठीक करने की कोशिश कर रही हो।

प्रशांत हँस पड़ा, लेकिन धीमे से - जैसे कोई बच्चा गलती करने के बाद टॉफी मिलने की उम्मीद में मुस्कुरा दे।

"क्या करूँ, जब तुम कसम खाती हो न... ऐसा लगता है जैसे ऊपर वाले भी अपनी हेडफ़ोन्स निकाल कर बोलता हैं - 'रुको ज़रा, ये तो Netflix वाला twist लग रहा है।'"

काव्या भी अब मुस्कुरा दी - "Netflix वाला twist? सीरियसली?"

प्रशांत ने आँखें नचाईं - "हाँ! और तुम्हारी ये कसम वाली टोन... full Dolby Atmos! बैकग्राउंड में इमोशनल पियानो भी सुनाई देता है।"

काव्या हँस पड़ी - "तुम्हारे अंदर का cartoon कभी ऑफ नहीं होता क्या?"

प्रशांत ने सीना फुला के कहा - "नहीं मैडम, ये एक फुल-टाइम सब्सक्रिप्शन है - बिना pause, बिना skip intro!"

काव्या ने हल्की सी चपत लगाई - "Idiot."

"वही वौइस् नोट वाला idiot या अपग्रेडेड version?"

"Idiot pro max." उसने आंखें घुमाकर कहा, पर मुस्कान छुपाई नहीं जा सकी।

प्यार में अक्सर ऐसे छोटे-छोटे टकराव, जब पिघलते हैं - तो उनके बाद जो ग़रमी आती है, वो किसी मुलायम चादर की तरह होती है सर्द रातों में। न तेज़, न ज़्यादा - बस इतनी कि दिल की थकान उतर जाए और रूह को राहत मिले। प्रशांत वही सुकून महसूस कर रहा था। जैसे दिल का कोई पुराना, अधखुला दरवाज़ा आज फिर पूरी तरह से खुला हो... और अंदर से धूप आई हो।

वो मुस्कुरा रहा था, लेकिन उस मुस्कान के पीछे एक हल्की सी शर्म भी थी - खुद से। अपनी आदतों पर, अपने शक़ों पर, उस

आदत पर जो प्यार में पहले दरारें ढूँढती है... फिर उस दरारों में ही खो जाती है। "कभी-कभी मैं अपना ही दुश्मन बन जाता हूँ," उसने सोचा। जैसे कोई पहरेदार, जो हर वक्त दरवाज़े बंद रखने को मजबूर हो, ये भूल जाए कि अब बाहर खतरा नहीं... बस मोहब्बत खड़ी है, दस्तक देती हुई। काव्या की हँसी अब भी उसके कानों में गूंज रही थी - वही हँसी जो रूह को छु जाए, जो किसी घर जैसी लगे। और उसी पल, उसे पहली बार लगा कि शायद प्यार उतना मुश्किल है ही नहीं, जितना उसने अपने डर से बना लिया था। जिसे वो कल तक 'सुधारने' और 'बचाने' के लिए 'whatever it takes' वाली ज़िद में उलझा हुआ था, वो आज खुद को बहुत आसान, बहुत साफ, और बहुत सच्चा लग रहा था।

"शायद प्यार को समझना नहीं होता... बस उसमें रहना होता है," उसने मन ही मन दोहराया।

पर बेचारे आशिक़ प्रशांत को कहाँ पता था - कि ये प्यार, जो आज इतना आसान और सुकूनदेह लग रहा था, असल में एक आग का दरिया है... जिसमें सिर्फ तैरना नहीं, जलना भी पड़ता है। उस पल उसे लगा था कि अब सब ठीक हो जाएगा... जैसे कोई तूफ़ान गुजर गया हो और अब बस धूप ही धूप हो। पर मोहब्बत की कहानी में जब भी सब कुछ ठीक लगने लगे - समझ लो, अगला पन्ना खुद को जला कर लिखा जाने वाला है।

# धब्बा

कुछ दिन तक सब ठीक चलता रहा। प्रशांत ने अपनी जिद पर काबू पा लिया था, या यूँ कहो, काव्या के समझाने से समझ चुका था कि प्यार किसी लॉजिक या हिसाब से नहीं चलता। overthinking अब पहले जैसा नहीं रहा, शराब को भी धीरे-धीरे कम कर दिया था उसने। मिलने में अब भी देर हो जाया करती थी, मैसेज का जवाब भी कभी दो घंटे बाद, कभी आधे दिन, लेकिन प्रशांत अब उस पर सवाल नहीं करता था। सोचता, "शायद वो भी व्यस्त होगी, अपना वक्त ले रही होगी, कोई बड़ी बात नहीं है।"

एक शाम, वो यूँ ही खड़ा था - अपने ऑफिस के बाहर, सड़क किनारे, जैसे बिना वजह देर कर रहा हो घर जाने में। तभी नज़र गई एक गाड़ी पर - कुछ दूरी पर खड़ी काली SUV, काले शीशे... थोड़े खुले हुए। अगली सीट पर बैठी एक लड़की।

कव्या। उसके बगल में एक लड़का था। अनजान चेहरा। वो कुछ कह रहा था... और काव्या हँस रही थी। हँसी हल्की थी, लेकिन अपनेपन वाली - जैसे किसी पुराने किस्से पर मुस्कुरा रही हो।

गाड़ी धीरे-धीरे चली, और फिर आँखों से ओझल हो गई। बस एक सेकंड का मंजर था। प्रशांत ने खुद को समझाने की कोशिश की - "शायद कोई और होगी। इतनी दूर से... इतनी भी पहचान नहीं हो सकती किसी की।" पर नहीं। एक बार मेटल डिटेक्टर गलती कर सकता है। X-ray मशीन भी कभी-कभी कुछ छुपा लेती है। पर एक आशिक़ की आँखें? वो तो अपनी महबूबा की झलक रेत में भी पहचान सकती हैं। प्रशांत के दिल ने बहुत कोशिश की - अपने दिमाग़ को समझाने की। "शायद कोई और होगी... इतनी दूर से, शक करना ठीक नहीं..." पर इस बार, दिमाग़ ने बिल्कुल नहीं सुना। ना कोई तर्क माना, ना कोई तसल्ली। क्योंकि जब कोई शक़ सीधे सीने में चुभे - तो वो तर्क नहीं सुनता, सिर्फ धड़कनें गिनता है।

वो वहीं खड़ा रह गया। हवा चल रही थी... पर अब उसमें कोई गुनगुनी नर्मी नहीं थी। बस सर्दी थी - सीधी हड्डियों तक उतरती हुई। गर्दन झुकी हुई... जेब में हाथ... और सीने में कुछ भारी, कुछ ऐसा जो बया नहीं होता।

उसने मोबाइल निकाला... एक लाइन टाइप की - "कहाँ हो?"

फिर खुद ही हँस पड़ा... वो अधूरी, टूटी-सी हँसी जो किसी को सुनाई नहीं देती। और मैसेज डिलीट कर दिया।

अगली सुबह - मोबाइल की स्क्रीन अचानक से चमकी - "Message delete क्यों किया?"

कुछ देर तक प्रशांत देखता रहा स्क्रीन को... typing box खोला, फिर लिखा - "कुछ खास नहीं था।"

थोड़ी देर बाद, फिर से स्क्रीन जली - "शाम को मिलते हैं?"

उसने बस "ठीक है" भेज दिया।

शाम को दोनों एक नए कैफ़े में मिले - कॉफ़ी पर। काव्या सामने बैठी थी - चेहरे पर वही हल्की सी मुस्कान... बाल खुले हुए... और आज कुछ अलग था। वो हाई-नेक पहनकर आई थी। हल्के गुलाबी रंग का - मौसम के हिसाब से सही, पर शायद थोड़ा जल्दी था ऐसे कपड़ों के लिए। प्रशांत ने देखा... फिर नज़रें फेर लीं। बातें शुरू हुईं - मौसम, ऑफिस, रैंडम सी चीज़ें। प्रशांत जवाब देता रहा, पर दिल दिमाग एकदम खाली सा था। उसने जानबूझकर कुछ नहीं पूछा। उस गाड़ी के बारे में... उस लड़के के बारे में। कुछ नहीं।

बीच में, जब काव्या हँसी किसी बात पर, तो उसके स्वेटर का हाई-नेक हल्का सा नीचे खिसक गया — बस इतना सा कि उसकी गर्दन का एक हिस्सा दिखने लगा। और तभी... प्रशांत की नज़र उस पर पड़ गई। उस जगह पर, जहाँ हल्का नीला-लाल धब्बा था, जैसे कोई निशान हो।

कुछ सेकंड के लिए, उसकी नज़र वहीं अटक गई, दिल में एक उलझन सी महसूस होने लगी। उसने जल्दी से चेहरा मोड़ा, जैसे खुद को उस दृश्य से हटा लेना चाहता हो, लेकिन उसका मन वहीं अटका रहा। "क्या ये वही है... जो मैं सोच रहा हूँ?" उसका दिल धक-धक करने लगा।

फिर, जब काव्या ने स्वेटर का कॉलर ठीक करने की कोशिश की, अनजाने में, उसने अपनी गर्दन को ढकने की कोशिश की। पर

प्रशांत ने देख लिया था, और अब वह उस धब्बे को पूरी तरह से पहचान चुका था।

एक निशान - जैसे किसी शाम की हल्की सी भूल, जो अब सुबह की रौशनी में साफ़ नज़र आ रही थी। कोई निशानी थी, अधूरी सी... मगर ज़ुबान से ज़्यादा बोलती हुई। ऐसी, जो किसी और की मौजूदगी को चुपचाप दर्ज कर गई थी। वो निशान लिपस्टिक नहीं था, पर किसी लम्हे ने उसे उतनी ही बेबाकी से छोड़ा था।

प्रशांत की नज़र एक पल को उस पर अटक गई - फिर जैसे कुछ अंदर थम सा गया। प्रशांत ने कुर्सी से थोड़ा पीछे होकर, गहरी साँस ली। काव्या अब भी कुछ कह रही थी - शायद किसी सीरीज़ के बारे में... पर अब शब्द गूंज से ज़्यादा कुछ नहीं लग रहे थे। अचानक वो उठा।

"कहाँ जा रहे हो?" काव्या ने पूछा, चौंकते हुए।

"बस... तबीयत ठीक नहीं लग रही," उसने आँखें चुराते हुए कहा।

"सब ठीक है?" उसने फिर पूछा।

प्रशांत ने पल भर सोचा, फिर मुस्कुराने की कोशिश की - "हाँ, बस थोड़ा थक गया हूँ। कल बात करते हैं।"

और बिना ज़्यादा कुछ कहे... वो निकल गया। कैफे के बाहर निकलते ही - ठंडी हवा चेहरे से टकराई। पर जो ठंड सीने में थी... वो उससे कहीं गहरी थी। उसने जेब से सिगरेट निकाली... जलाने लगा... पर हाथ काँप रहे थे। "यही थी वो उम्मीद, जो अब

आख़िरी साँस ले रही है।" उसने मन में सोचा। और पहली बार - बिना कोई टेक्स्ट भेजे, बिना कोई जवाब चाहे... वो बस चुप रहा।

——

कुछ दिन तक प्रशांत बस... चुप रहा। ना कोई सवाल, ना शिकायत। ना ख़ुद से, ना उससे। बस जैसे कोई पुरानी दीवार चुपचाप ढह गई हो, और अब वहाँ सिर्फ़ धूल बची हो - जो हर सांस के साथ उसके अंदर भरती जा रही थी।

काव्या के मैसेज आते रहे - "बिज़ी थी, तुम कैसे हो?" "आज का दिन कैसा रहा? पर उसने जवाब नहीं दिया। पढ़ता ज़रूर था... हर शब्द। पर उंगलियाँ जवाब देने से इंकार करती थीं। काव्या भी उलझन में थी - उसे समझ नहीं आ रहा था कि आख़िर हुआ क्या है। और प्रशांत... उसे भी नहीं पता था कि बात कहाँ से शुरू करे। क्या वो जो उसने देखा, वही था? या उसकी ही कोई अधूरी कहानी थी, जो अब ज़ेहन में उलझ कर रह गई थी।

एक शाम, बहुत सोचने के बाद - उसने दो शब्द टाइप किए: “We need to talk.”

मैसेज भेजते ही उसकी धड़कनें तेज़ हो गईं... स्क्रीन की रौशनी बुझ गई... और सन्नाटा फिर से हावी हो गया।

कई घंटे बाद - स्क्रीन दोबारा जली। “मुझे भी कुछ बात करनी है तुमसे।”

प्रशांत कुछ पल तक स्क्रीन देखता रहा। दिल ने बहुत कुछ कहने की कोशिश की - “बात तो मुझे करनी थी, पर ये क्या हो रहा है?”

लेकिन प्रशांत कुछ जवाब दे उससे पहले ही... अगला मैसेज आ गया: "We should end this."

काफ़ी देर तक वो स्क्रीन बस देखता रहा। "We should end this."

प्रशांत ने फोन हाथ में लिया, फिर रखा। फिर दोबारा उठाया। सांस भारी थी... जैसे एक शब्द बोलने के लिए पूरे शरीर से इजाज़त लेनी पड़ रही हो।

आख़िरकार... कॉल किया।

ट्रिन... ट्रिन... काव्या ने उठाया।

"कव्या..." उसकी आवाज़ धीमी थी।

"हाँ?" काव्या की आवाज़ नर्म थी, लेकिन कहीं दूर, ठंडी सी।

"ये क्या है?" प्रशांत ने सीधा पूछा।

"वही, जो लिखा था। हम... हमें शायद अब और नहीं..."

"लेकिन बात तो मुझे करनी थी... तुमने पहले से डिसाइड कर लिया सब?"

"क्यों? तुमने भी तो यही सोचा था न..."

प्रशांत चुप हो गया। कुछ नहीं कहा... बस ज़मीन को घूरता रहा। फिर धीरे से बुदबुदाया -
"हाँ, सोचा था... पर मुझे ठीक करना था सब। I wanted to fix it again."

काव्या ने थकी हुई आवाज़ में कहा - "प्रशांत, हम इस रिश्ते में लड़ने के अलावा कुछ कर ही नहीं पा रहे... ना तुम खुश हो, ना मैं। हम बस एक-दूसरे से चिपके हुए हैं - जैसे कोई आदत... जो अब धीरे-धीरे ज़हर बनती जा रही है। अब नहीं हो सकता कुछ ठीक।"

एक लंबी ख़ामोशी खिंच गई। हवा जैसे भारी हो गई हो... साँस लेना भी मुश्किल।

प्रशांत ने नजरें उठाईं। "वो लड़का... कौन था वो?"

काव्या की साँसें तेज़ हो गईं। "कोई नहीं..."

"मतलब?" अब उसकी आवाज़ बदल चुकी थी - सीधी, टूटी और तल्ख़।

काव्या ने दोहराया - "बस एक दोस्त।"

फिर जैसे ही काव्या ने बात बदलने की कोशिश की, उसकी आवाज़ में हलका सा नर्म लहजा आया - "अरे, पता है तुम्हें उस दिन ना..."

"Don't hijack the conversation, काव्या," प्रशांत की आवाज़ में अब साफ़ थकावट थी - "मैं तुमसे सीधा सवाल कर रहा हूँ। बात मत घुमाओ - सीधा जवाब दो। कौन दोस्त? प्रशांत का गला भारी था। "और... जो तुम्हारी गर्दन पर था?"

काव्या चुप हो गई। जैसे कुछ पकड़ लिया गया हो। फिर धीरे से बोली - "प्रशांत... अब जब तुमने देख ही लिया है, तो समझ भी लो।"

"हाँ, दिखा मुझे, काव्या!" अब वो शांत रहने की कोशिश कर रहा था, लेकिन आवाज़ काँप रही थी।
 "मैं चुप रहा... कुछ दिन। क्योंकि मैं तुम्हें समझना चाहता था। पर तुमने क्यों झूठ बोला? क्यों छुपाया?"

काव्या ने गहरी साँस ली। "अब सच बोल रही हूँ। ख़त्म कर दो, तुम भी। मैंने कर दिया है।"

प्रशांत कुछ बोलने ही वाला था, लेकिन शब्द गले में अटक गए। आँखों से आँसू बहने लगे, पर आवाज़ अब भी स्थिर थी -
 "ये तुम नहीं हो, काव्या... जिसे मैं जानता हूँ... जिसे मैंने चाहा था।"

"पता नहीं तुम किस काव्या को जानते हो, पर ये मैं हूँ। यही हूँ मैं।"

"यही हूँ मैं" और "यहीं हूँ मैं" - दोनों में बहुत महीन लेकिन फर्क है। प्रशांत ठहर गया। उसे एक पल को लगा - काव्या ने कहा "यहीं हूँ मैं..." जैसे वो अब भी कहीं पास है। पर नहीं - वो "यही हूँ मैं" था। एक सच्चाई, एक स्वीकार... जो यह कह रही थी कि जिसे वो पहचानता था, वो अब सिर्फ़ याद है।

"तो अब तक सब झूठ था? वो प्यार... वो वादे... सब कुछ?"

"पता नहीं। पर अब जो तुम देख रहे हो - उसे ही सच मानो। यही सच है। यही मैं हूँ। शायद अब तुम्हें मुझे भूलने में आसानी होगी।"

प्रशांत की आवाज़ टूटी - "ऐसे अजनबी की तरह मत बोलो, काव्या... तुम जानती हो मुझे... मैं टूट जाऊँगा।"

काव्या (थक कर): "हाँ... फिर वही तुम्हारी शराब बीच में आएगी। पर अब मैं थक चुकी हूँ, टूट चुकी हूँ। भूल जाओ मुझे, क्योंकि अब नहीं चाहिए ये सब। नहीं चाहिए तुम। तुम्हारा सब कुछ बर्बाद है, प्रशांत। बर्बाद हो चुके हो तुम।"

ये सुनकर जैसे कुछ अंदर से चटक गया। प्रशांत कुछ नहीं बोला। सिर्फ़ एक बोतल खोली, और सीधे मुँह से पीने लगा।

काव्या का आख़िरी जुमला आया - "भूल जाओ, प्रशांत... और अपना ख्याल रखना।"

...और कॉल कट।

प्रशांत पहली बार पीते-पीते रो पड़ा। शराब कम पड़ गई उस रात, पर दर्द नहीं।

दीवार से सिर टिकाए रोता रहा - पर आज कोई टोकने वाला नहीं था। कोई चुप कराने वाला नहीं था।

बस एक नाम... कुछ यादें... और ढेरों सवाल - जिनके जवाब शायद अब कभी मिलें, या फिर कभी न मिलें...

१२

# दीवार चुप है

कुछ रिश्ते टूटने की आवाज़ नहीं करते। बस एक दिन... चुपचाप ख़त्म हो जाते हैं। और फिर, इंसान चीखना नहीं छोड़ता - उन चीखों में बस जुबान से आवाज़ नहीं आती।

प्रशांत अब भी बोलता है, बात करता है - पर अकेले। कभी दीवारों से, कभी खुद से, कभी उस ख़ामोशी से - जो अब उसकी सबसे बड़ी हमराज़ बन चुकी है।

काव्या ने उसे हर जगह से ब्लॉक कर दिया था - फोन, मैसेज, सोशल मीडिया... सब कुछ ख़ामोश।

एक रात... वही पुराना कोना। गीली बालकनी, टूटी कुर्सी, आधी बची व्हिस्की, उंगलियों के बीच जलती सिगरेट, और जेब में वही पहला दिन वाला लाइटर - जो अब भी जलता है, पर गर्मी नहीं देता।

वो दीवार की ओर देखता है - जैसे वहाँ अब भी काव्या बैठी है। मुस्कुराती हुई, गहरी आँखों वाली, वो लहजा... जो अब सिर्फ़ याद बनकर रह गया है।

"तुम जानती हो न... तुमने जो कहा, वो शायद सही था। मैं वाकई बर्बाद हो चुका हूँ। पर क्या तुमने कभी देखा... कैसे हुआ सब?

कैसे हर दिन... मैं खुद को मारता रहा - हमारे रिश्ते को बचाने के लिए।"

दीवार चुप है।

"कभी-कभी सोचता हूँ - शायद गलती मेरी ही थी। बहुत उम्मीदें पाल ली थीं। बहुत भरोसा कर लिया था - कि प्यार सब सह लेता है। पर शायद प्यार को तुमसे ज़्यादा समझ लिया... यही मेरा गुनाह था।"

वो हँसता है - शराब में भीगी हुई हँसी। बिलकुल वैसे... जैसे कोई बच्चा टूटे हुए खिलौने को देखकर हँसता है, जानते हुए - अब कोई दूसरा नहीं मिलेगा।

कभी-कभी सच्चाई बस इतनी होती है - कि हम किसी इंसान को नहीं, अपनी ही उम्मीदों को खो देते हैं। और जब उम्मीदें मरती हैं, तो इंसान - जिंदा रहकर भी ख़त्म हो जाता है।

दीवार अब भी वहीं है। ना हिलती है, ना टूटती है। बस सब कुछ सुनती है... और खामोश रहती है।

"तुमने मुझे छोड़ दिया... ठीक किया शायद। पर अब मैं क्या करूँ इस सूनापन का? जिसे तुमसे पहले ही अपना बना लिया था... अब वो भीतर तक घर कर चुका है।"

कभी-कभी प्यार एक ज़हर की तरह होता है - धीरे-धीरे असर करता है... और जब दिखने लगता है, तब तक बहुत देर हो चुकी होती है।

प्रशांत अब सिर्फ़ सवाल करता है - जवाब की उम्मीद नहीं रखता।

"क्यों किया ये सब?"
"क्या कभी प्यार था?"
"क्या वो रातें, वो वादे... बस दिखावा थे?"
"या फिर तुम्हारे भीतर भी कोई टूटी हुई जगह थी...
जो मुझसे कुछ वक़्त के लिए जुड़ गई थी?"

कभी-कभी लोग सिर्फ़ इसलिए एक-दूसरे से जुड़ते हैं - क्योंकि उनके अंदर के खालीपन एक जैसे होते हैं। और जब कोई एक उस जगह को भर देता है, तो दूसरा - वही खालीपन लेकर वापस चला जाता है।

उस रात, बहुत देर तक वो दीवार से बातें करता रहा। शब्द ख़त्म हो चुके थे... पर चुप्पियाँ अब भी बाक़ी थीं। वो बोतल वहीं छोड़ देता है। ऐशट्रे में आधी जलती हुई सिगरेट से धुआँ अब भी निकल रही है। और दीवार से सिर टिकाकर - धीरे से आँखें बंद कर लेता है।

"अगर तुम सुन रही हो, कहीं भी हो... तो बस इतना समझना - मैं तुमसे नफ़रत नहीं कर पाया। बस... खुद से हो गई है।"

————

सुबह हुई नहीं - बस नींद टूट गई। जब रात पूरी नहीं होती, तो भला सुबह कैसे हो? छत पर पसरा अंधेरा अब हल्का हो रहा था, जैसे रात भी थककर सो चुकी हो। प्रशांत की आँखें सूजी हुई थीं - पर अब उनमें आँसू नहीं थे। बस एक अजीब सा ख़ालीपन... जो अब नया नहीं लगता।

वो बिना अलार्म के उठ गया। फोन नहीं देखा - न किसी मैसेज की उम्मीद थी, न किसी कॉल की। बाथरूम के शीशे में खुद को देखा - बिखरे बाल, सूखे होंठ, और गर्दन पर तकिये का एक फीका-सा निशान। "क्या ये चेहरा मुझे अब भी पहचानता है?" उसने खुद से पूछा।

किचन में रखी वो आधी चाय - जो कल रात बनाई थी, पर पी नहीं। आज उसे गरम करने की भी ज़रूरत नहीं लगी। बैग उठाया, बस इतना ही तैयार हुआ कि 'दिखे' जैसे काम पे जा रहा है - और निकल पड़ा।

रास्ते में वही बग़ीचे के किनारे चलती पगडंडी। ठंडी हवा आई, और एक पत्ता उड़कर पैरों से लिपट गया।

"गुज़र जाएगा..." उसने खुद से कहा - या शायद उस पत्ते से।

ऑफ़िस में बैठा तो था, पर मन काम में नहीं था। काव्या के आने के बाद भी काम से बेवफ़ाई हुई थी... और अब उसके जाने के बाद भी वही हो रहा था। रिया ने कई बार पूछा - पर उसने तबीयत का हवाला देकर बात टाल दी।

बस रिपोर्ट्स देखता रहा, और अपने ही ख़यालों में भटकता रहा।

शाम तक कुछ काम नहीं किया। बस यूँ ही बैठा रहा - ऑफिस की बालकनी में, गौरव के साथ कॉफ़ी पीते हुए। बातें हो रही थीं - इधर-उधर की। पर उसकी नज़र बीच-बीच में नीचे बग़ीचे की तरफ़ भटक जाती - जहाँ कभी काव्या मुस्कुराया करती थी, और हवा उसकी ज़ुल्फ़ों से खेलती थी। अब वहाँ बस एक बूढ़ा माली था - घास काटता हुआ।

गौरव से बात करते-करते अचानक उसने कहा - "शायद मुझे रिज़ाइन कर देना चाहिए। तबीयत ठीक नहीं है... और मैं एक लंबा ब्रेक लेना चाहता हूँ।"

गौरव कुछ समझाना चाहता था - पर प्रशांत सिर्फ़ 'हाँ' में सिर हिलाता रहा। वही, आधे मन से... आधे ध्यान से।

उसी पल... बग़ीचे के उस पार कुछ हलचल दिखी। काव्या थी - अपने कुछ ऑफिस के साथियों के साथ। हँस रही थी, खिल के बातें कर रही थी। हाथ में एक छोटा सा गिफ्ट बॉक्स, एक पौधा, कुछ फाइलें। शायद आज उसका फ़ेयरवेल था। वो गले मिल रही थी सबसे।

प्रशांत की साँसें अब भारी होने लगीं। उसके हाथों में थमी कॉफ़ी की प्याली काँपने लगी - जैसे उसमें भूकंप आ गया हो। आवाज़ लड़खड़ाने लगी, जिस्म थरथराने लगा।

उसे समझ नहीं आया - जलन थी या डर... या शायद दोनों। पर सीने में कुछ उबल रहा था।

वो अचानक पीछे मुड़ा - और लड़खड़ाते कदमों से वॉशरूम की तरफ़ भागा। दरवाज़ा बंद किया और वहीं ज़मीन पर घुटनों के बल गिर गया। उल्टी हुई - पर निकला सिर्फ़ पानी। न खाना, न एसिड... बस वो तरल, जो शायद आँसुओं से बना था।

ये कोई आम उल्टी नहीं थी। ये psychogenic vomiting थी। जब इमोशनल trauma इतना गहरा हो - कि दिमाग़ शरीर को सिग्नल भेजे: "अब बहुत हो गया... इसे बाहर निकाल दो।"

डर, धोखा, और बिछड़ने का एहसास जब हकीकत की तरह सामने खड़ा हो - तो दिमाग़, पेट और नर्वस सिस्टम उलझकर यही करते हैं। इसी को मानसिक स्वास्थ्य विशेषज्ञ 'mind-body feedback loop' कहते हैं - जहाँ दिल का दर्द शरीर तक पहुँच जाता है।

जब दिल टूटता है, तो उसका बोझ हमेशा आँसुओं से नहीं निकलता। कभी-कभी वो सीधे पेट में उतर जाता है - जहाँ से वो उलझता है नसों में, चुभता है लिवर में, और अंत में फूट पड़ता है एक अजीब-सी उल्टी में।

ये शरीर का विद्रोह था...दिमाग़ की चुप्पी के ख़िलाफ़, दिल की चीख़ के साथ।

प्रशांत ने वॉशबेसिन का पानी चलाया। चेहरे पर छींटे मारे। आईने में देखा - लाल आँखें, बहती नाक, कांपते होठ।

और कहीं भीतर से एक आवाज़ आई - "तू कमज़ोर पड़ गया, प्रशांत... वो तेरी कमज़ोरी बन गई थी।"

# वक़्त लगेगा

कुछ फैसले उस वक़्त लिए जाते हैं, जब इंसान सबसे कम समझदार होता है - और सबसे ज़्यादा टूटा हुआ। प्रशांत ने नौकरी छोड़ दी। शायद इस उम्मीद में कि थोड़ा वक़्त खुद के लिए निकालेगा... खुद को फिर से जोड़ेगा। पर क्या कोई टूटे हुए आइने के टुकड़ों को अकेले जोड़ सकता है? वो भी तब, जब हर टुकड़ा उँगलियों में चुभ रहा हो?

अब वो घर पर था - लेकिन "घर" अब घर नहीं था। वो बालकनी जहाँ बैठकर कभी ज़िंदगी के ख्वाब देखे थे, अब धूप से जली हुई उम्मीदों का कचरा थी। वो कुर्सी, अब एक थक चुकी पीठ की तरह चुप थी। और वो दीवार... अब भी हर दिन सुनती थी, पर जवाब नहीं देती थी।

"ज़िंदगी आगे बढ़ती है," सब यही कहते हैं। पर कोई ये नहीं बताता - कैसे? कैसे उठे जब भीतर कुछ उठने को तैयार नहीं? कैसे चले जब पैर थक चुके हों - उम्मीद ढोते-ढोते?

शुरुआत में उसने कोशिश की। सुबह अलार्म लगाया। उठकर चाय बनाई। किताबें खोली। न्यूज़ पढ़ी। दो-तीन लोगों से बात की - लेकिन हर बातचीत उसे थका देती। उसका मन नहीं लगता

था। वो "ठीक हूँ" कहता, पर उसका चेहरा उसके खिलाफ़ गवाही देता।

रोज़ कुछ देर वो व्हाट्सएप खोलता। काव्या का चैट देखता। अब वहाँ बस सन्नाटा थी।

"किसी से बात करनी है," दिल कहता।
"पर किससे?" दिमाग पूछता।

जब हमें सबसे ज़्यादा connection की ज़रूरत होती है, पता नहीं क्यों, उसी वक्त हम detachment की कोशिश करते हैं। ये बहुत मुश्किल होता है।

कभी-कभी रात को बहुत देर तक जगता। Netflix ऑन करता - पर कुछ देख नहीं पाता। कभी किताब उठाता - दो पन्नों के बाद सब धुंधला हो जाता।

एक दिन उसने खुद से पूछा - "क्या मैं मरना चाहता हूँ?" ये सवाल नहीं था... ये एक स्वीकृति थी।

अगर कोई मरना चाहता है, तो वो सिर्फ़ मरना नहीं चाहता। वो कुछ और चाहता है, जो अब उसके क़ाबू से बाहर हो चुका है। और वही चाहत उसकी ज़िंदगी की सबसे बड़ी चाहत बन जाती है, उसके हिसाब से। वरना कोई सिर्फ़ एक अधूरी ख्वाहिश पूरी न होने पर मरने चाहत नहीं करने लगेगा।

"क्या मर जाना आसान होता है?" वो बालकनी की रेलिंग पर बैठा, पाँव नीचे लटकाकर खुद से बातें करता रहा। नीचे सड़क

पर आवाज़ें थीं। बच्चे खेल रहे थे। एक दूध वाला साइकल पर घंटी बजा रहा था। ज़िंदगी चल रही थी... उसके बिना।

वो नीचे नहीं कूदा। पर मन कूद गया था - बहुत पहले।

डिप्रेशन दिखता नहीं। वो बालकनी से कूदना नहीं है... वो हर दिन जीने की इच्छा से थोड़ा-थोड़ा गिरने लगता है।

"मैं इंसान तो अच्छा था... फिर ये सब मेरे साथ क्यों हुआ?" वो सवाल पूछता है, खुद से - बिना किसी जवाब की उम्मीद के। पर सवाल उठाना भी कभी-कभी पहला कदम होता है।

"क्या मैं अब भी ज़िंदा हूँ?" उसने अपनी कलाई को देखा, सांस की गर्माहट महसूस की। "हाँ... शायद।" एक थकी हुई हाँ - पर थी।

"नहीं, मर जाना इसका हल नहीं हो सकता।" वो जानता था, ये सब कुछ एक उलझे हुए मन की उपज है। पर अगर ये मन बीमार हो सकता है, तो क्या ठीक नहीं हो सकता?

"क्या मैं डिप्रेस्ड हूँ?" उसने पहली बार उस शब्द को खुद पर लगाया। पहली बार नाम दिया उस अजीब सी खामोशी को जो उसके अंदर फैलती जा रही थी। "अगर मैं डिप्रेस्ड हूँ... तो इसका इलाज भी होगा।" एक उम्मीद सी जागी।

"Depression का उल्टा होता है expression." किसी किताब में पढ़ा था शायद, या किसी वीडियो में सुना था। पर अब ये बात उसके लिए किसी philosophy से ज़्यादा, ज़रूरत बन गई थी।

"मुझे बात करनी होगी ।" किसी से । किसी ऐसे से जो सुने... जो समझे, बिना बीच में टोकें ।

और वो उठा । फोन उठाया । नंबर मिलाया । "गुरुजी..." - वो बस इतना ही बोला ।

दूसरी तरफ़ आवाज़ आई - नर्म, ठहरी हुई - "हां बोलो, बेटा... सब ठीक?"

गुरु जी - एक नाम नहीं, एक रिश्ता थे । प्रशांत की पिछली कंपनी में वो उसके मैनेजर थे, लेकिन रिश्ता सिर्फ़ ऑफिस तक सीमित नहीं था । वो उन चंद लोगों में से थे जो इंसान को उसके उम्र से नहीं, दिल से जुड़ते थे ।

प्रशांत उन्हें मैनेजर नहीं, " गुरु जी" कहता था - और वो भी उसे प्यार से "बेटा" बुलाते थे । उनके बीच का रिश्ता एक बड़े भाई और छोटे भाई, या कहो एक थके हुए मुसाफिर और किसी पेड़ की छाँव जैसा था । जब प्रशांत कभी डगमगाया, गुरु जी हमेशा एक चुप सहारा बनकर उसके साथ खड़े रहे । और आज जब ज़िंदगी की सबसे गहरी गिरावट में प्रशांत को कोई सुनने वाला चाहिए था, तो उसका दिल बिना सोचे, बिना झिझके उसी एक नाम तक पहुँचा - गुरु जी ।

आवाज़ सुनते ही जैसे कुछ टूट गया अंदर । प्रशांत कुछ नहीं बोल पाया... सिर्फ़ रोने लगा ।

"अरे क्या हुआ? सब ठीक है ना?" गुरु जी ने घबरा कर पूछा ।

और फिर प्रशांत ने सब कुछ कह दिया - टूटे लहजे में, बिना किसी फिल्टर के। पिछले कुछ महीनों की सारी गुत्थियाँ, सारी उलझनें, वो दर्द जो किसी से कह नहीं पाया... उसने गुरु जी के सामने बिखेर दिए, जैसे कोई बच्चा रात को डर के मारे भाग कर किसी बड़े की गोद में छुप जाए।

गुरुजी चुपचाप सुनते रहे। बीच में नहीं टोका। उनकी चुप्पी, उनके "हाँ... समझ रहा हूँ बेटा..." जैसे शब्द, प्रशांत को ऐसा सुकून दे रहे थे जैसे कोई डूबते को तिनका नहीं - पूरा किनारा मिल गया हो।

कुछ देर बाद, गुरु जी बोले - "प्रशांत, तू अच्छा इंसान है, यही सबसे बड़ी बात है। पर अच्छा होना इस दुनिया में हमेशा आसान नहीं होता। तू अभी थक गया है, हार नहीं मान रहा। और थकावट का इलाज होता है, समझा?"

प्रशांत चुप था, लेकिन उसकी आँखों से बहते आँसू बता रहे थे - उसे पहली बार लगा, वो अकेला नहीं है।

गुरुजी ने कहा, "घर आ जा, बेटा... शांति से बैठेंगे, बात करेंगे। दिल हल्का हो जाएगा।"

प्रशांत पहुँचा तो गुरुजी ने दरवाज़ा खुद खोला। उसे देखते ही चेहरे पर वही पुरानी मुस्कान थी - जैसे कुछ बदला ही न हो। पर आँखों ने सब देख लिया। थका चेहरा, सूजी हुई आँखें, बिखरे बाल, और वो चुप्पी जो शब्दों से ज़्यादा शोर कर रही थी।

गुरुजी कुछ देर तक उसे देखते रहे... फिर बोले, "थक गया है न? चल, बैठ । चाय बना रहा हूँ, वैसी ही जैसे तुझे पसंद है - कड़क, बिना इलायची वाली ।"

प्रशांत बस चुपचाप बैठ गया । गुरुजी चाय लेकर आए, साथ में दो बिस्किट - वही जो ऑफिस में साथ खाते थे ।

"देख बेटा," गुरुजी बोले, "ज़िंदगी में कोई भी आदमी रोज़ मज़बूत नहीं रह सकता । कुछ दिन होते हैं जब हम टूट जाते हैं - और ये टूटना ग़लत नहीं है । तू कोई मशीन नहीं है ।"

प्रशांत सिर झुकाए सुनता रहा ।

"लोग सोचते हैं हार जाना कमज़ोरी है । पर हारना भी एक कला है - कब हार माननी है, कब लड़ाई छोड़ देनी है, और कब फिर से उठना है । बस तू ये समझ ले कि हार आख़िरी पड़ाव नहीं है, बस एक मोड़ है ।"

गुरुजी ने चाय का घूंट लिया और बोले "ज़िंदगी कोई परीक्षा नहीं है कि हर सवाल का जवाब देना ही पड़े । कुछ सवाल छोड़ भी देने चाहिए । और कभी-कभी सबसे मुश्किल सवालों का जवाब सिर्फ़ एक होता है - अपने आप से बात करना ।"

थोड़ी देर चुप रहने के बाद, टूटी आवाज़ में प्रशांत : "गुरुजी... कैसे ख़त्म करूँ ये सवाल, ये ख्याल? कैसे भूलूं उसे? सब कुछ उसके बिना अधूरा सा लगता है । जैसे मैं अधूरा हो गया हूँ ।"

"भूलना... आसान शब्द है । पर वो होता नहीं । ज़ख्म चाहे जितना भी छोटा हो, भरने में वक्त लगता है । और दिल का ज़ख्म... वो

तो और भी धीमा होता है। कोई switch नहीं होता... जो दबाते ही सब ठीक हो जाए। तुझे अपनी पीड़ा को, अपने दुख को अपनाना पड़ेगा। उसे दिल में एक कोना देना होगा - ना उसे छुपाना है, ना दिखाना है... बस जीना है उसके साथ।"

"मतलब ये दर्द... हमेशा रहेगा?"

"शायद हाँ। पर उसका वज़न धीरे-धीरे हल्का होता जाएगा। और एक दिन आएगा जब वो तुझे तोड़ेगा नहीं, बल्कि याद दिलाएगा कि तू कितना कुछ सह चुका है... और अब भी खड़ा है। देख बेटा, दुख मिटता नहीं है - वो बस अपना रूप बदल लेता है। तू अभी अँधेरे में है... लेकिन ये अँधेरा भी तेरी आँखों को रोशनी की क़द्र सिखाएगा।"

गुरुजी एक लंबा साँस लेते हैं, फिर चाय की चुस्की लेकर नज़रें मिलाते हैं: "एक काम कर... अब जब नौकरी छोड़ी है और तेरे पास समय है - तो कुछ दिन कहीं घूम आ। अकेले। पहाड़, समंदर, जंगल... कहीं भी। अपने आप को फिर से सुन। भीड़ से दूर जा, ताकि भीतर की आवाज़ें साफ़ सुनाई दें। कभी-कभी जगह बदलने से दर्द नहीं जाता... पर नज़रिया ज़रूर बदलने लगता है।"

"क्या वहाँ जाकर सब ठीक लगने लगेगा?"

"नहीं... पर वहाँ जाकर तू खुद को थोड़ा-थोड़ा समझने लगेगा। और यही पहला क़दम होता है - ठीक होने का। दर्द से बाहर आने का नहीं... बल्कि दर्द के साथ जीने का।"

# एक बाल्टी पानी

नई दिल्ली स्टेशन पर सुबह की हल्की धूप पुराने लोहे के खंभों से छनकर नीचे गिर रही थी। ट्रेनों की आवाज़ें, चायवालों की पुकार, और मोबाइल पर उलझे चेहरे - सब कुछ वैसा ही था जैसा हर दिन होता है। मगर उस भीड़ के बीच, एक शख़्स अपने भीतर की भीड़ और यादों की गूंज के साथ, एक शांत जगह की तलाश में था - प्रशांत। सिर्फ़ एक पुराना रक्सैक साथ था - जिसमें कुछ कपड़े, चार-पाँच किताबें, एक डायरी, एक लैपटॉप, और अनगिनत अधूरे सवाल भरे हुए थे। मोबाइल का नेटवर्क बंद था - लेकिन दिमाग़ अब भी चालू था... और बोझिल भी।

उसे नहीं पता था कि वहाँ जाकर उसे कौन मिलेगा, कहाँ ठहरेगा, या क्या करेगा। बस इतना याद था कि कभी गुरुजी ने कसार देवी का ज़िक्र किया था - "एक ऐसी जगह जहाँ वक़्त रुकता नहीं, बस धीरे चलने लगता है। जहाँ सवाल नहीं दबते, मगर जवाबों की ज़रूरत भी नहीं रहती। जहाँ चुप्पी कोई सज़ा नहीं... एक सांत्वना होती है। एक मौन - जो धीरे-धीरे तुम्हारे दुख से दोस्ती कर लेता है।"

सुबह की शताब्दी एक्सप्रेस पकड़ी। ट्रेन धीरे-धीरे शहर की भागदौड़ को पीछे छोड़ती गई। खेत, पुल, नदियाँ, और छोटे-

छोटे स्टेशन - सब पीछे छूटते गए । और हर गुजरते दृश्य के साथ जैसे प्रशांत भी अपने भीतर से कुछ छोड़ता जा रहा था - पुरानी थकान, पुरानी उलझनें, कुछ नाम, कुछ वादे ।

काठगोदाम पहुँचा, तो हवा में पहाड़ों की ठंडक थी - सर्द और साफ़, ठीक वैसी जैसी किसी पुराने दोस्त की चुप मुस्कान । वहाँ से लोकल टैक्सी ली - पहाड़ी सड़कों पर लहराती हुई, देवदार के पेड़ों की कतारों के बीच से गुजरती हुई ।

खिड़की से बाहर देखते हुए उसे लगा जैसे हर मोड़ पर कोई पुरानी सोच छूट रही है । घाटियों में उतरते बादल ज़मीन को छू रहे थे - जैसे कोई ऊपर वाला धीरे से कह रहा हो, *"मैं यहीं हूँ ।"*

रास्ते में वह कैंची धाम, नीम करौली बाबा के मंदिर में कुछ पल रुका । इस बार कुछ माँगा नहीं - बस हल्के से मुस्कुराया, सिर झुकाया... जैसे बाबा से कह रहा हो, *"आपको सब पता है । मुझे कुछ कहने की ज़रूरत नहीं ।"*

मंदिर के बाहर नाश्ता किया - आलू के पराठे और अदरक वाली चाय । कुछ सर्दी भी अब शरीर से उतर रही थी । और मन... थोड़ा और शांत हो चला था ।

अब वो फिर निकल पड़ा - कसार देवी की ओर ।

————

पहली नज़र में कसार देवी कोई 'टूरिस्ट प्लेस' नहीं लगता । न वहाँ कोई स्वागत द्वार है, न चमकदार होर्डिंग्स । बस एक शांत-सा गाँव, कुछ पुराने घर, कुछ होमस्टे, और दूर क्षितिज पर झुकी

हुई दो-तीन पहाड़ियाँ - जैसे किसी ऋषि की बंद आँखें ध्यान में लीन हों।

उसने एक छोटा-सा होमस्टे चुना - मिट्टी और पत्थर से बना, दो कमरे और एक छोटा सा आँगन। खिड़की खोलते ही सामने पूरा आकाश फैला था - बादलों का समंदर, जिसके ऊपर सूरज की रोशनी टुकड़ों में बिखरी थी।

खाना खाया, थोड़ा आराम किया... और अनजाने में रात ढल गई। कमरे की चुप्पी में किताब के पन्ने पलटते हुए भी, भीतर कहीं काव्या की यादें करवटें बदलती रहीं। कभी-कभी, जितना ज़ोर लगाओ, कुछ यादें दिल के किसी कोने से जड़ें जमा लेती हैं - पकड़ ऐसी कि छूटती नहीं।

प्रशांत जानता था कि दूरी ज़रूरी थी, फिर भी भीतर कहीं वो अब भी उन्हीं लम्हों के साए में भटक रहा था। बेवजह फोन उठाया, व्हाट्सऐप खोला - जैसे उम्मीद हो कि काव्या का कोई मैसेज आया हो। पर कुछ नहीं था। कुछ लिखने की कोशिश की... अंगुलियाँ स्क्रीन पर ठिठकीं... पर तभी याद आया - वो तो ब्लॉक्ड था। साँस जैसे एक पल के लिए थम गई। चुपचाप एक सिगरेट जलाई, धुएं को देर तक खाली नजरों से देखा... फिर फोन उठाकर गूगल पर आसपास की जगहें खंगालने लगा - कोई कैफ़े, कोई घूमने की जगह... बस कहीं भी, जहां इस बेचैनी से कुछ पल का बचाव मिल सके।

अगली सुबह, वो कसार देवी मंदिर पहुँच गया। मंदिर के सामने खड़ा हुआ, आँखें बंद कीं... और बस चुपचाप सिर झुका दिया। कोई माँग नहीं की, कोई प्रार्थना नहीं की।

फिर मंदिर से थोड़ा ऊपर मैदान की तरफ उतर आया। वहाँ एक शांत सा कोना पकड़ा और बैठ गया। कभी आँखें बंद कर के भीतर कुछ टटोलने लगता, तो कभी दूर पहाड़ों को देखता - जैसे कोई जवाब उनके शिखरों पर लिखा हो। कभी उन बंदरों को देखता, जो पेड़ों के बीच उधम मचा रहे थे। एक माँ बंदर अपने बच्चे को प्यार से डाँट रही थी - और उस दृश्य में भी उसे एक करुणा दिखी, एक जीवन की सहजता। आसपास कुछ लोग थे - मंदिर में हलचल थी, मगर उस हलचल में भी एक अजीब-सी शांति घुली हुई थी।  कुछ स्थानीय चेहरे - अपने ईश्वर के लिए आये हुए। और कुछ ऐसे जैसे प्रशांत... जो शायद कहीं दूर से यहाँ सिर्फ़ इसलिए आये थे कि खुद से फिर से मिल सकें।

शिव मंदिर के उत्तर वाले मैदान में, एक मंडप के पास - एक लड़का बिल्कुल स्थिर बैठा था, ध्यान में लीन। मंडप से थोड़ा और आगे, घास पर एक लड़की बैठी थी - कोई किताब खोले, जैसे हर शब्द को अपने भीतर उतार रही हो।

प्रशांत के आसपास कोई शोर नहीं था, फिर भी हर चीज़ जैसे फुसफुसा रही थी।
 पेड़, पत्थर, हवा - सब एक अनकही कविता में बह रहे थे।

कसार देवी - एक छोटी-सी पहाड़ी बस्ती - मगर अपने भीतर पूरा आकाश समेटे हुए। ना कोई बड़ा बाज़ार, ना चकाचौंध। बस मंदिरों की घंटियाँ, कुछ पुराने घर, कुछ कैफ़े - और हर तरफ फैली एक अदृश्य कंपन, जो सीधा दिल को छूती थी। कहते हैं, यहाँ पृथ्वी का चुंबकीय क्षेत्र कुछ अलग है। यहाँ हवा में वो कुछ है, जो चुपचाप तुम्हें तुम्हारी ही गहराई में धकेल देता है।  कहते

हैं, स्वामी विवेकानंद भी कभी यहीं बैठे थे किसी गुफा में ध्यान में लीन... और एक बौद्ध गुरु भी यहाँ तपस्या के लिए आए थे ।

प्रशांत को इन कहानियों का ठीक-ठीक ज्ञान नहीं था, पर वो उस अनदेखी खींच को महसूस कर रहा था।

दिन यूँ ही बीतते रहे - कभी किसी सुनसान पत्थर पर बैठकर किताब पढ़ते हुए, कभी अपनी नोटबुक में बिखरे हुए ख़्यालों को समेटते हुए, कभी बिना किसी उम्मीद के बस आँखें बंद करके बैठते हुए । कभी मंदिर के वीरान मैदान में, कभी पहाड़ी की चुप धार पर, तो कभी अपने कमरे के कोने में सिकुड़ते हुए ।

धीरे-धीरे, दुनियावी उजालों से कटकर, वो एक अनजानी अंधेरी नदी में उतरने लगा था - जहाँ बाहर कोई आवाज़ नहीं थी, सिर्फ़ भीतर का गूंजता सन्नाटा था ।

लेकिन ये नहीं था कि वो सब कुछ भूल गया हो । रातें अब भी सवाल बनकर उसके सिरहाने बैठती थीं । बिस्तर पर लेटते ही, वही भारी सवाल लौट आता - "क्या अब सब ख़त्म कर दूँ? मर जाऊँ?"

पर फिर, उसने एक अजीब-सी तरकीब ढूँढ निकाली थी । जब भी ये ख़्याल आता - और वो चुपचाप उठता ।

एक बाल्टी में पानी भरता, सिर डुबो देता उस ठंडे, स्थिर पानी में । आँखें बंद । साँस रोके ।

उस अंधेरे पानी में - ना कोई नाम था, ना कोई चेहरा। सिर्फ़ धड़कनों की टकराहट थी, और एक अनदेखा डर, जो छाती पर चढ़ बैठता।

हर सेकंड के साथ लगता, अब टूट जाऊँगा। अब नहीं बचूँगा। पर तभी, उस घुटती गहराई में कहीं - एक जिद जागती थी, उसे एहसास होता:
  "नहीं। अभी नहीं।
    मैं अभी टूटा नहीं हूँ।
    मैं अब भी साँस लेना चाहता हूँ।
    अब भी कहीं अंदर, जीने की एक जिद बची है।"

वो हड़बड़ा कर बाहर आता, काँपती साँसों के साथ। जैसे हर बार, पानी की मौत को मात देकर लौटा हो।

जैसे हर बार, ख़ुद को फिर से चुन लिया हो - जीने के लिए... शायद किसी अनजानी उम्मीद के लिए।

# मॉल रोड

शराब से अब लगभग रिश्ता ख़त्म कर लिया था उसने। बार की कुर्सियों की जगह अब कैफ़े की खिड़की वाली सीट पर ज़्यादा बैठने लगा था। दोपहर को अल्मोड़ा के मॉल रोड की बुक डिपो से दो-चार किताबें उठाता, और पास ही के किसी शांत कैफ़े में जाकर घंटों बैठा रहता - कॉफ़ी के कप में धीरे-धीरे घुलता हुआ।

उस दिन भी कुछ ऐसा ही था। कॉफ़ी की भाप उसके चेहरे से टकरा रही थी, और आंखें किताब के किसी पुराने पन्ने पर अटक गई थीं। तभी फोन में एक नोटिफ़िकेशन आया। उसने नज़रअंदाज़ कर दिया। पर जब एक के बाद एक नोटिफ़िकेशन की आवाज़ें गूँजने लगीं, तो अनजाने डर और उत्सुकता के साथ फोन उठाया।

कव्या।

चेहरा एकदम सूख गया। जैसे किसी पुराने जख्म पर अचानक किसी ने उंगली रख दी हो। उंगलियों ने स्क्रीन खोला - "सुनो, एक मदद चाहिए। मेरे एक दोस्त को दिल्ली में जल्दी शिफ्ट होना है, कोई अच्छा *PG* या *1-BHK* फ्लैट बता सकते हो?"

कुछ पल तक आँखें वहीं टिकी रहीं - मैसेज पर, बिना पलक झपकाए। फिर, बिना कुछ कहे, पुराने एक ब्रोकर का नंबर भेज दिया। न कोई "Hi", न कोई "कैसे हो?" बस एक औपचारिक ज़रूरत... और फिर सन्नाटा।

काव्या ने नंबर देखा। नीला टिक लग गया। पर जवाब... कुछ नहीं।

बस एक ख़ामोशी रह गई। स्क्रीन के उस पार भी... और प्रशांत के भीतर भी।

उस ख़ामोशी ने धीरे-धीरे भीतर से चीख़ना शुरू किया। प्रशांत ने कोशिश की कि फिर से किताब में डूब जाए - पर कहाँ... इतने वक़्त बाद काव्या का एक अचानक-सा मैसेज... और फिर गायब हो जाना।

सवाल उठने लगे -
  "उसने आज अचानक अनब्लॉक क्यों किया?"
  "ये तो वो इंटरनेट से भी खोज सकती थी... फिर मुझसे क्यों पूछा?"
  "वो दोस्त... क्या वही है?"
  "नहीं प्रशांत... मत सोच... तू फिर से बहक रहा है..."

लेकिन ख़ुद को रोक पाना अब उसके बस में नहीं था। कैफ़े से निकला - पर रास्ता होमस्टे की ओर नहीं गया। अंदर के तूफ़ान ने उसे बार के दरवाज़े तक पहुँचा दिया... धीरे से अंदर गया, और एक टेबल पकड़ ली।

"दो पेग व्हिस्की - on the rocks," वेटर से कहा।

और फिर - एक के बाद एक - जैसे किसी ने भीतर की पीड़ा को ग्लास में उड़ेल दिया हो। दो पेग... फिर चार... फिर छः:... और फिर... बस चलता गया। वो टेबल अब बार नहीं, एक मैदान था - जहाँ लड़ाई चल रही थी। व्हिस्की, सिगरेट, और उसके अंदर के सवालों की जंग।

जैसे-तैसे ऑटो किया। लड़खड़ाते क़दमों से होमस्टे पहुँचा। दरवाज़ा खोला और सीधा बिस्तर पर गिर पड़ा - जूते तक नहीं उतारे।

फोन उठाया, उम्मीद से खोला - शायद कोई मैसेज आया हो काव्या का। नहीं था।एक हल्की-सी थकी हुई हँसी आई - वो हँसी जो हँसी नहीं, हार होती है। सिगरेट जलाई। धुएं के साथ साँस भी भारी हो चली थी।

कुछ पल बाद, बिना ज़्यादा सोचे, एक मैसेज टाइप किया: "हो गया काम?"

तुरंत जवाब आया: "दोस्त को भेज दिया है नंबर। वो कल बात करेगा।"

प्रशांत ने सिर्फ एक शब्द लिखा - "Okay."
और फिर... कुछ नहीं। पाँच मिनट तक स्क्रीन देखता रहा।
 फिर दुबारा टाइप किया: "पता नहीं क्या हो रहा है, क्या कर रहा हूँ।"

काव्या का मैसेज आया: "क्या?"

प्रशांत ने लिखा: "बस पढ़ लो, कोई जवाब मत देना।"

कव्या: "Hmm."

अब वो बस लिखता चला गया - जैसे हर शब्द एक बोझ हो,
जिसे उतार फेंकना ज़रूरी हो:

"टूट गया हूँ मैं।
तुमसे दूर जाने की कोशिश कर रहा हूँ पर
ख्याल अब भी पीछा नहीं छोड़ते।
नौकरी छोड़ दी, शहर छोड़ दिया -
पर तुम नहीं छूटी मुझसे..."

"सच में बर्बाद हो गया हूँ मैं।
या कहो, कर लिया खुद को बर्बाद।
अब तो नशेड़ी-सा बन गया हूँ..."

कव्या: "Are you drunk?"

प्रशांत: "प्लीज़ कुछ मत कहो... बस सुन लो, कव्या।"
और लिखता गया:
"हाँ, drunk हूँ।
क्योंकि कुछ समझ नहीं आ रहा।
किसी से बात नहीं कर पा रहा...
किसी को समझा नहीं पा रहा कि क्या टूटा है
-
कौन-सा सपना, कौन-सी उम्मीद, कौन-सा
प्यार।"

"काव्या... क्या इतना आसान था तुम्हारे लिए?
क्या मैं कभी कोई मायने ही नहीं रखता था?
या फिर... कभी प्यार था ही नहीं?"

काव्या बस पढ़ती गयी। बिना कुछ जवाब दिए।

"तुम्हारा नहीं पता, पर मुझे बहुत था - इतना
कि अब एक रिश्ता टूटने से ऐसा लग रहा है
जैसे पूरी दुनिया हार गया हूँ। मैं एक looser
बन गया हूँ।"

"हाँ, जो भी था... तुम्हारे साथ के दिन अच्छे
थे।
लेकिन फिर... कुछ तो बदल गया।
या कहो... तुमने बदल दिया।"

"नहीं... तुमने नहीं - मैंने कर दिया सब ख़राब।
मुझे तुम्हारे झूठ को सच मान लेना चाहिए
था।
तुम्हारे जैसे प्यार को हल्के में ले लेना चाहिए
था - जैसे तुमने लिया।"

"खैर... जो हुआ सो हुआ।
तुम जीती, मैं हारा।
जीत तुम्हें मुबारक, और हार... मुझे।"

और फिर... फोन एक तरफ़ रख दिया। सिगरेट की राख गिरती
रही - और वो... बिस्तर पर मुँह छिपाकर सिसकियों में डूब
गया।

# अजनबी से अजनबी तक

प्रशांत ने अब अपनी एक छोटी-सी दिनचर्या बना ली थी - सुबह मंदिर जाना, फिर पास के जंगल में टहलना, और दोपहर को किसी कैफ़े में बैठकर किताब पढ़ना या डायरी में कुछ बेमतलब लिखना। और इन सब के बीच, कभी अपने आप से कुछ वक्त चुराकर, काव्या को याद करना। फोन अब भी साइलेंट पर रहता था, और ज़िंदगी अब भी असमंजस में थी - लेकिन सहने लायक।

एक दिन, दोपहर के आसपास मंदिर के पीछे वाली ढलान पर बैठा हुआ था, जब उसकी नज़र फिर एक लड़की पर पड़ी। वह शांत, अकेली, अपने स्केचपैड में खोई हुई थी, जैसे वह पूरी दुनिया से बाहर हो। उसकी आँखें गहरी, चुप थीं, जैसे किसी अजनबी विचार में डूबी हों। उसके बाल हल्के से बिखरे हुए थे, एकदम सादगी में बंधे हुए, और एक सुकून की झलक थी उसके चेहरे पर, जो जैसे उसे हर ख्वाहिश से मुक्त कर देता था। उसकी त्वचा पर हल्की सी धूप थी, लेकिन उसकी आँखों में ठंडक थी - जैसे गर्मी भी उसे नहीं छू पाई हो।

वह लड़की एक पुराने पेड़ के नीचे बैठी थी, हल्की-सी चुप्पी में, हर स्केच में अपनी दुनिया को डूबोते हुए। उसके स्केचपैड के पन्ने धीरे-धीरे पलटते, और उसका हाथ जैसे बिना किसी हड़बड़ी के

पेंसिल से खींचता जा रहा था, जैसे वह हर एक लकीर के साथ अपना अंतरमन बाहर निकाल रही हो। पास-पास झूलती हुई हवा में उसके कपड़े हल्के से लहराते थे, और हर लहर के साथ वह जैसे एक अलग ही दुनिया में खो जाती थी। उसकी आँखों में वह गहराई थी, जो किसी खोई हुई याद या अधूरी ख़्वाहिश की तरह थी, लेकिन चेहरे पर कोई शिकन नहीं, बस एक ठंडी शांति थी।

उसके आसपास की हवा जैसे थम सी गई थी, किसी ने उसे वक़्त से बाहर कर दिया हो।

शाम को प्रशांत अपने पसंदीदा कैफ़े में पहुंचा। हल्की ठंड थी, और कैफ़े के अंदर की नर्म रोशनी एक अजनबी-सी गर्माहट दे रही थी, जैसे वो अजनबियत अब थोड़ी अपना सी लगने लगी हो।

चाय ऑर्डर करते हुए उसकी नज़र सामने लगे पिनबोर्ड पर गई, जहाँ लोग अक्सर पोस्टकार्ड, कविताएँ, या आर्ट पिन कर जाते थे। प्रशांत ने भी एक छोटी सी नोट वहाँ पिन की थी। और उसी साइड में... एक स्केच था।

उस स्केच में वो खुद था।

जैसे वह कल मंदिर की सीढ़ियों पर बैठा था - थोड़ा झुका हुआ, आँखें खोई हुई, बाल बिखरे हुए... हाथ में डायरी और चेहरा - जैसे कोई खो गया हो। उस स्केच में कोई दया नहीं थी, कोई जजमेंट नहीं था... बस एक सच्ची नज़र थी, जो उसकी चुप्पी को काग़ज़ पर उतारने में कामयाब हो गई थी। नीचे छोटे-से कोने में एक साइन था: "S"

थोड़ी देर तक वह एकटक देखता रहा अपनी स्केच को। तभी, पीछे से एक आवाज़ आई, "बहुत गहरी सोच में लग रहे थे। ऐसा क्या सोच रहे थे?"

"यही कि अपनापन और अजनबी में क्या फर्क है?"

"Hmm, और जवाब क्या मिला?"

"जितने अपने होते हैं, वो सब पहले अजनबी ही होते हैं कभी न कभी।"

"और उस 'अपने' को ज़रूरत से ज़्यादा जान लो तो फिर वो अजनबी लगने लगते हैं?"

"सही पकड़े हो, वैसे अच्छा स्केच बनाती हो तुम।"

"थैंक यू, तो ये नोट तुम्हारा है!" बोलते हुए लड़की उस नोट को दिखाती है, जिस पर लिखा था -

*"अजनबी से अजनबी बनने तक के सफर में*
*काफी जानना पड़ता है एक-दूसरे को।"*

दोनों ने चाय के काउंटर से चाय पकड़ी और कैफ़े के पीछे वाली चट्टान पर बैठकर चाय पीने लगे।

प्रशांत चट्टान पर बैठा, लड़की कुर्सी पर और अपने दाहिने पैर को बाएं घुटने पर रखकर आराम से बैठ गई। चाय की गर्माहट से उसका चेहरा और भी निखरने लगा था, और हल्की ठंडी हवा उनकी बातचीत में समा रही थी। प्रशांत ने सिगरेट जलाई, तो

चाय की चुस्की लेते हुए, लड़की ने अचानक पूछा "क्यों पीते हो सिगरेट तुम?"

"क्योंकि ये खुद को जला के राख बन जाती है मेरे लिए।"

"पर जान तो लेती है?"

"बताकर लेती है, ना किसी झूठी उम्मीद के।" कहकर प्रशांत ने सिगरेट उसकी तरफ बढ़ाई।

लड़की ने सिगरेट ले ली और एक गहरी कश लेते हुए पूछा, "तुम्हें कैसे पता, मैं स्मोक करती हूं? मेरे तो लिपस्टिक के कारण होंठ भी नहीं काले दिखते तुम्हारी तरह।"

प्रशांत ने हल्की मुस्कान के साथ जवाब दिया, "तुम्हारी जूता की सोल पे जो काली निशान है, जो सिगरेट बुझाने से जली हुई है, उसी ने बताया।"

लड़की ने उसकी आँखों में देखा, फिर धीमे से मुस्कुराई, "तुम्हारी नज़रें काफी तेज़ हैं।"

प्रशांत हल्के से हंसा, "अगर किसी को समझना हो, तो उसे अच्छे से देखना पड़ता है।"

"तो क्या तुम मुझे समझने की कोशिश कर रहे हो?" लड़की ने उसकी आँखों में झाँकते हुए पूछा।

प्रशांत कुछ पल चुप रहा, फिर धीरे से बोला, "शायद। या फिर मैं खुद को समझने की कोशिश कर रहा हूँ, और तुम सिर्फ़ एक आइना हो, जो मुझे दिखाती हो कि मैं किससे डरता हूँ।"

लड़की उसकी बातों पर थोड़ी देर सोचती रही, फिर एक हल्की मुस्कान के साथ कहा, "हम अक्सर किसी और को देखकर अपनी असलियत पहचानते हैं, लेकिन फिर भी अपने डर से भागते रहते हैं।"

प्रशांत ने सिगरेट की राख झाड़ते हुए कहा, "कभी-कभी लगता है, जैसे मैं अपने ही डर से भागते-भागते, सिर्फ़ अजनबियों के बीच ही असल महसूस करता हूँ।"

"क्यों?" लड़की ने सिगरेट को आराम से पकड़ते हुए पूछा।

"क्योंकि अजनबी होने में कोई उम्मीद नहीं होती।" उसने शून्य में देखते हुए कहा, "किसी से कोई जुड़ाव नहीं, बस खालीपन होता है। और खालीपन में कोई धोखा नहीं होता।"

लड़की ने सिगरेट की आखिरी कश ली और फिर चुप हो गई। दोनों के बीच एक अजीब सी खामोशी आ गई थी, जैसे शब्द अब और कुछ भी हल नहीं कर सकते थे। फिर लड़की ने धीरे से पूछा, "क्या हम कभी किसी को पूरी तरह जान पाते हैं?"

प्रशांत ने उसकी बात को एक पल के लिए सोचा, फिर गहरी सांस ली, "शायद नहीं। पूरी तरह जानने से ही वो अजनबी नहीं रह जाता। और जब वो अजनबी नहीं रहता, तो हम डरने लगते हैं। कहीं न कहीं वो अनजान रहकर ही हमें खास लगता है।"

लड़की ने उसकी बातों को ध्यान से सुना, फिर आँखों में एक हल्का सा भावुकता झलका। "और जब कोई खास हो जाता है, तो हम उसे खोने से डरने लगते हैं।"

प्रशांत ने चुपचाप चाय की प्याली को देखा, जैसे खुद से जवाब ढूंढ़ रहा हो । फिर उसने धीरे से कहा, "हाँ... मैं भी डरता हूँ । डरता हूँ कि जो मेरे पास है, वो एक दिन चला जाएगा, और मैं उस खालीपन को फिर से नहीं भर पाऊँगा ।"

लड़की ने उसकी ओर देखा, फिर सिर झुका लिया । "लेकिन खालीपन को भी तो जीना पड़ता है ।"

प्रशांत ने उसकी बातों में एक गहरी सच्चाई पाई, लेकिन कुछ और पूछने की हिम्मत नहीं जुटा पाया । दोनों के बीच चाय की चुस्कियाँ और सिगरेट के धुएँ के साथ कुछ और बातें अनकही रह गईं, और फिर एक हल्की मुस्कान के साथ दोनों की खामोशी में एक नई समझ बैठ गई ।

दोनों चाय की प्यालियाँ खत्म कर वहां से बाहर निकले । रास्ते में चलते हुए, बातचीत का सिलसिला फिर से खुला ।

लड़की ने हल्की मुस्कान के साथ पूछा, "तुम यहाँ कब से हो?"

"लगभग एक हफ्ते हो गए," प्रशांत ने जवाब दिया, "तुम?"

"परसो ही पहुँची," लड़की ने कहा, फिर हल्का सा रुकते हुए बोली, "मैंने सोचा था कि कुछ दिन शांति मिलेगी, तो बस चली आई ।"

प्रशांत ने ध्यान से उसकी ओर देखा, "किससे भाग रही हो?"

लड़की ने हंसते हुए कहा, "खुद से । कभी-कभी हमें खुद से भागने की जरूरत होती है । एक हफ्ते की छुट्टी थी, तो यही सही मौका था ।"

"किसी आर्ट स्कूल में टीचर हो?" प्रशांत ने पूछा, थोड़ा मज़ाक करते हुए।

"नहीं, इंजीनियर हूँ। ये तो बस एक शौक है।"

प्रशांत ने उसकी बातों को सुना। तभी, हवा में एक हल्की सी महक आई। यह शिउली के फूलों की खुशबू थी, जो अचानक ही उनके आसपास फैलने लगी थी। उसकी नाक में उस महक का अहसास हुआ, और बिना सोचे उसने कहा, "कुछ खुशबू भी बहुत कुछ लेके चलती है अपने साथ... जैसे कुछ यादें।"

लड़की ने उसकी ओर देखा, फिर धीरे से मुस्कुराई, "यादें, शायद हमारे जीवन की सबसे अहम संपत्ति है। बचपन से हम याद करना ही तो सीखते हैं, चाहे वो पढ़ाई में हो या कामों में। अगर यादें ना हों, तो ज़िंदगी चलती नहीं। पर यादों की एक बुरी बात यह है कि हमारे मरने के बाद ये संपत्ति भी हमारे साथ चली जाती है।"

प्रशांत चुप था, उसकी आँखों में हल्की सी नमी थी, जैसे वह किसी बीते पल में खो गया हो। "हाँ," उसने धीमे से कहा, फिर थोड़ा मुस्कुराते हुए, एक शरारती अंदाज़ में बोला, "और इसी लिए शायद मैं लिखता हूँ कि यादें मेरे मरने के बाद मेरे साथ ना जाए, वो रहे इधर, मेरे बाद भी, पन्नों के बीच।"

"काफ़ी बड़े आशिक लगते हो। लगता है, मूव ऑन नहीं कर पाए हो।"

प्रशांत ने नज़रें झुका लीं, फिर धीमे से बोला, "थोड़ी सी यकीन है कि वो वापस आएगी।"

लड़की मुस्कुराई, फिर गहरी नज़र डालते हुए बोली:

"फर्क होता है चाहने वाले और जाने वाले में।
यकीन और वहम का फर्क।

चाहने वाले को यकीन होता है, उनके लौट आने का।
जाने वाले को वहम होता है, उन्हें भूल जाने का।"

उसकी बात जैसे प्रशांत के अंदर गहरी गूंज छोड़ गई थी, एक सच्चाई, जिसे वह महसूस कर रहा था, लेकिन स्वीकार नहीं कर पाया था।

लड़की ने फिर अपनी बातों का सिलसिला खत्म करते हुए कहा, "कल सुबह फिर मिलते हैं, कैफ़े में।" और बिना कुछ और कहे, वह वहां से चल पड़ी।

# एक बात पूछनी थी

प्रशांत होमस्टे पहुँचकर खाना खाकर बिस्तर पर लेटा हुआ था। उसे महसूस हुआ कि एक ही दिन में वह नए अजनबी लड़की के बहुत करीब हो रहा है। काव्या से भी ऐसे ही तो मिला था, पहले अजनबी ही थे दोनों। फिर धीरे-धीरे वह नज़दीकी बढ़ी थी। लेकिन अब उसे लगा कि इस नए लड़की से इतनी नज़दीकी नहीं बनानी चाहिए, उसे और जानने की जरूरत नहीं है। नाम जानने की भी नहीं।

तभी, काव्या की वह बात याद आई, "नाम में क्या रखा है?" और वह मुस्कुराते हुए बुदबुदाया, "कुछ नाम ज़िंदगी में ऐसे होते हैं, जिन्हें हम कभी भुला नहीं पाते। वो हमेशा हमारे दिल-दिमाग में घूमते रहते हैं, मगर जुबां पर नहीं लाते हम। वो नाम हम ढूँढ़ रहे होते हैं, लोगों की बातों में, किताबों के पन्नों में, फोन की नोटिफिकेशन में। और डर भी रहते हैं कि कहीं वो नाम दिख जाए तो फिर खुल जाएगी वो यादों की तिजोरी, जिसे हमने बहुत मुश्किल से बंद किया था।"

तभी उसके फोन की नोटिफिकेशन बजी। पहले तो उसे लगा शायद यह काव्या का मैसेज नहीं होगा, लेकिन जैसे ही उसने स्क्रीन पर देखा, काव्या का नाम था। उसने व्हाट्सएप खोला:

"एक बात पूछनी थी।"

प्रशांत की धड़कनें तेज़ हो गईं। वह कुछ पल तक बस सोचता रहा, "अब क्या हो गया है?" क्या यह मदद का सवाल था, या फिर कोई पुरानी बात पर लड़ाई? उसने तुरंत टाइप किया:

"पूछो।"

"क्या तुम सच में मूव ऑन नहीं कर पाए?"

प्रशांत को यह सवाल अजीब सा लगा, फिर भी उसने जवाब दिया, "तुम जानती हो मुझे।"

"फिर इतने शक और लड़ाई क्यों करनी थी?"

"तुमने भी तो कभी सच नहीं बोला... क्या सच नहीं थे शक मेरे?"

"थे... पर पूरे नहीं।"

"वो दोस्त? वो धब्बा?"

"धब्बा... वो... मैं भटक गई थी प्रशांत, बस शरमिंदा हूँ उसपे। पर वो दोस्त से बढ़कर कुछ नहीं था।"

"कितना झूठ, काव्या।"

"तुम मत मानो, पर सच है। मैं अब उससे बात भी नहीं करती।"

"इज्जत करता हूँ तुम्हारी, हाँ, प्यार अब भी है, लेकिन यकीन तुम पर अब भी नहीं हो रहा।"

"एक मौका और देते हैं न?"

"फिर से टूटने को?"

काव्या ने एक पल की चुप्पी के बाद, फिर से टाइप किया, "देखो, मैं जानती हूँ कि तुम मुझसे बहुत गुस्से में हो। लेकिन सच यही है। वह दोस्त और वह धब्बा, वह सब मेरी पुरानी गलती थी, और अब मैं उससे बहुत आगे निकल आई हूँ। जो कुछ भी हुआ, वह सब उस वक्त का हिस्सा था, और मैं अब किसी से झूठ नहीं बोलना चाहती। तुम जान लो कि मुझे तुमसे बहुत प्यार था, और अब भी है।"

प्रशांत ने गहरी सांस ली और टाइप करना शुरू किया, "काव्या, तुम खुद ही कह रही हो कि प्यार था, लेकिन फिर भी... तुम भटक गए? कैसे यकीन करूं मैं? और इन बातों की जरुरत भी क्या ही है न अब?"

"तुम कह रहे हो जैसे मैं किसी और के साथ थी। ऐसा नहीं था। वो एक वक्त था जिससे मैं अब बाहर आ चुकी हूं। और अब मुझे समझ आ रहा है वो हमारा प्यार    इसीलिए तुमसे बात कर रही हूँ ताकि तुम भी समझ सको। मैं अपनी ज़िंदगी में कुछ नए फैसले ले रही हूँ, और मैं चाहती हूँ तुम साथ रहो।"

प्रशांत का दिल धड़कने लगा, और उसकी नज़रें स्क्रीन पर चिपकी हुई थीं। वह अब भी पूरी तरह यकीन नहीं कर पा रहा था।

उसने फिर लिखा, "तुमसे बात करना मुश्किल हो रहा है काव्या, क्योंकि सब कुछ बहुत उलझा हुआ है। अजनबी से जब हम अपने बने, वो अपनापन मेरे लिए बहुत बड़ी शांति थी, काव्या। इतना कि उसी अपनापन में मैंने अपना घर, अपना प्यार, और अपनी जिंदगी देखी थी। लेकिन फिर कुछ ऐसा हुआ कि वो अपनापन खो गया। जो अजनबी कभी अपना हुआ था, वही फिर से अजनबी बन गया। अब, उस कड़वे अपनापन से, यह अजनबियत कहीं ज्यादा सहने योग्य लगने लगी है। अब तुम कह रहे हो कि मैं फिर से उस अपनापन में वापस आ जाऊं? जो अब कड़वा लगता है? बहुत मुश्किल है यार, फिर से साथ होना।"

काव्या ने कुछ देर चुप रहकर फिर से टाइप किया, "यहाँ बात सिर्फ़ साथ की नहीं है, प्रशांत। यह उस प्यार में विश्वास करने की भी है, उस कड़वे अपनापन को भूलाकर, नए अपनापन को अपनाने की है। मैं जानती हूँ कि तुम मुझसे अब भी प्यार करते हो, लेकिन तुम डरते हो। तुम्हारी यह हिचकिचाहट सही भी है। फिर से उस कड़वे अपनापन से अजनबी बनकर, क्या हम फिर से शुरुआत कर सकते हैं?"

प्रशांत का मन उलझन में था। वह उसे समझने की कोशिश कर रहा था, लेकिन उसके अंदर का संदेह भी बढ़ता जा रहा था।

"मुझे नहीं पता, काव्या। मुझे लगता है मैं अभी भी तुम्हारी बातों में उलझा हुआ हूं... इस बार तुम और मैं क्या करेंगे, यह समझ पाना मुश्किल है।"

काव्या ने फिर से लंबी सांस ली और आखिरकार टाइप किया, "तुम जानते हो प्रशांत, मैं भी डरती हूं। लेकिन कभी-कभी हमें अपने डर को पार करना पड़ता है, ताकि हम आगे बढ़ सकें।

अगर तुम मुझे एक और मौका दो, तो मैं तुमसे वादा करती हूँ कि इस बार कुछ भी नहीं टूटेगा ।”

“हमें इसे धीरे-धीरे समझना होगा । अभी के लिए, मैं बस इतना कह सकता हूं - मैं कोशिश करूँगा, लेकिन पूरी तरह से यकीन नहीं कर पा रहा ।”

काव्या ने चुप्पी साध ली । प्रशांत ने कुछ पल इंतजार किया, फिर उसने अपना फोन रख दिया, मानो वह किसी बड़े फैसले से भाग रहा हो । उसे अब भी पूरी तरह यकीन नहीं था कि क्या करना सही होगा । वह केवल एक बात जानता था - यह रास्ता दोनों के लिए आसान नहीं होगा ।

# देवदार और दिल्ली

सुबह, कैफ़े पहुँचते ही प्रशांत ने चारों ओर नज़र डाली। वह उसे ढूँढ़ रहा था - वही स्केच वाली लड़की, लेकिन वह अभी तक नहीं आई थी। उसने एक गहरी सांस ली, फिर चाय का ऑर्डर दिया। गर्म चाय की प्याली हाथ में लिए, वह देवदार के पेड़ के नीचे वाली चट्टान पर बैठ गया।

कुछ देर बाद, वह उठा और वॉशरूम की ओर बढ़ा। तब तक, वह लड़की आ चुकी थी। उसकी नज़रें कैफ़े के अंदर इधर-उधर घूम रही थीं, और तभी उसकी नज़र टेबल पर रखी नोटबुक पर पड़ी। उसे तुरंत पहचान लिया, यह वही नोटबुक थी, जो उसने पहले प्रशांत के हाथ में देखी थी।

वह पास गई और नोटबुक को खोला। अंदर एक कविता लिखी हुई थी:

जो नहीं होते नसीब में वो ख़्वाब में बहुत आते है।
जिन्हें करो भुलाने की कोशिश वो याद बहुत आते है।।

सोचा था आज फुर्सत से सोचेंगे,
पर भाग-दौड़ में दिन की चैन गई।
चलो ख़्वाब में मिलेंगे - जल्दी सोएँगे,
पर उनकी याद में अब नींद गई।
ना फ़िक्र उनको मेरी, ना हम कुछ जताते है।
बात ये है की मेरी ही हरकते मुझे सताते है।।

रोज़ सोचते है - ये है आख़िरी, अब भूल जाएँगे,
पर जिन्हें भूलने की कोशिश करो वो याद बहुत आते
है।
अच्छा फिर एक बार झूठी कसमें खाते है।
खैर छोड़ो - ऐसी रातें बहुत आते है।।

लड़की ने धीरे से हंसते हुए अपने साथ लाए बौगनविलिया के फूल को उस कविता के पन्नों के बीच रख दिया। फूल का हल्का गुलाबी रंग और उसकी नरम पंखुड़ियाँ जैसे उसकी भावनाओं को और गहरा कर रही थीं।

तभी प्रशांत लौटा। लड़की ने मुस्कुराते हुए देखा, "अच्छा लिखते हो।" कहकर उसने नोटबुक प्रशांत के हाथ में दी। प्रशांत ने पन्ने खोले, तो उसमें रखा बौगनविलिया का फूल देखा। वह कुछ पल के लिए सोच में डूब गया। उसे याद आया वह शाम, जब उसने बौगनविलिया तोड़कर घुटनों पर बैठकर काव्या को प्रपोज़ करने की कोशिश की थी, काव्या के कहने पर।

प्रशांत ने गहरी सांस ली और कहा, "ये फूल मेरी उसी पुरानी याद का हिस्सा है, जिसे अब मैं समझने की कोशिश कर रहा हूँ।"

लड़की ने धीरे से जवाब दिया, "हर चीज़ में तुम कुछ यादों को कैद कर लेते हो। ये आदत जितनी अच्छी है, उतनी तकलीफदेह भी।"

प्रशांत चुप रहा, फिर हल्की मुस्कान के साथ कहा, "कोशिश करता हूँ अनुभव करने की, यादें बटोरने की।"

चाय आई, दोनों बैठकर चाय पीने लगे।

लड़की बोली, "पता है, अनुभव और प्यार में क्या फर्क है?"

प्रशांत उसकी ओर देखा, बिना कुछ कहे जैसे वो इंतजार कर रहा हो जवाब का।

लड़की ने कहा, "अनुभव और प्यार एक-दूसरे के विपरीत होते हैं। जितना अधिक हम किसी को या किसी चीज़ को जानेंगे, उतना कम हम उससे प्यार करेंगे। जितना कम हम जानेंगे, उतना अधिक हम उससे प्यार करेंगे। हमारे दिल में जितना कम अनुभव होगा, प्यार के लिए उतना अधिक जगह होगी। अगर हमारा दिल अनुभवों से भरा हुआ है, तो उसमें प्यार के लिए कम जगह होगी।"

एक चुप्पी फैल गई, जिसमें स्वीकार था। जैसे शब्दों की ज़रूरत ही नहीं थी। उस खामोशी में, दोनों के दिलों ने बिना कहे एक-दूसरे को समझ लिया था। वह चुप्पी, जैसे हर सवाल का जवाब हो, और हर उलझन का समाधान।

चाय खत्म करके लड़की उठी और बोली, "मैं निकलती हूँ। एक घंटे में मेरी बस है।"

प्रशांत ने उसकी ओर देखा और चौंकते हुए पूछा, "आज ही निकल रही हो? I mean, इतना जल्दी क्यों?"

"छुट्टी खत्म हो गई है, इसलिए," उसने हल्के से कहा, और एक मुस्कान के साथ।

"अभी तो दो दिन भी सही से नहीं हुए," प्रशांत ने थोड़ी मायूसी से कहा।

"अजनबी बने रहने के लिए इतना ही काफी है।" लड़की ने हल्की हंसी के साथ कहा, और उसकी हंसी ने प्रशांत के दिल को थोड़ा और हल्का कर दिया। वह भी मुस्कुरा दिया।

"चलो, नीचे तक तो छोड़ ही सकता हूँ, एक आखिरी सिगरेट के साथ" उसने कहा।

"जरूर" लड़की ने सिर झुका कर कहा, और दोनों बाहर की ओर बढ़ गए।

रास्ते में, एक देवदार का सूखा फूल पड़ा हुआ था। लड़की ने फूल उठाया, प्रशांत के हाथ में दिया और कहा, "ये रख लो, एक नए अजनबीपन की निशानी।"

प्रशांत ने उसकी सूखी पंखुड़ियों को महसूस किया।

वे दोनों खामोशी से सीढ़ियाँ उतर रहे थे, और हर कदम के साथ वह पल और गहरा हो रहा था। जैसे उनकी मुलाकात का अंत हो रहा हो, लेकिन साथ-साथ कुछ अधूरा सा अनकहा रह गया हो।

"तुम हमेशा अजनबी रहोगे, और उम्मीद है तुम्हारी यकीन पूरा हो उसके लौट आने का" लड़की ने पलटकर कहा, और उसकी आवाज़ में कुछ ऐसा था जो प्रशांत को एक आखिरी बार छूकर चला गया।

प्रशांत ने कुछ पल के लिए उसे देखा, फिर हल्की सी मुस्कान के साथ कहा, "bye" उसकी आवाज़ में एक गहरी ताजगी और समझ थी, लेकिन उसे यह भी महसूस हुआ कि कुछ जुदाईयाँ समय के साथ खुद से बन जाती हैं।

दोनों ने एक-दूसरे को देखा, और फिर लड़की आगे बढ़ गई, जैसे उस आखिरी मुस्कान में कुछ खत्म हो चुका था। प्रशांत वहीं खड़ा रहा, उसकी नजरें एक लंबी दूरी पर खोई हुई थीं। वह जानता था

कि यह मुलाकात उनकी ज़िंदगी का एक अध्याय थी, जो अब एक खूबसूरत याद बन गई थी।

━ ━ ━ ━

प्रशांत दिनभर बैठकर अपने आप को काफी सहज महसूस कर रहा था। यह कसार देवी के वातावरण की वजह से था, या फिर वहां की चुंबकीय ऊर्जा का असर, यह उसे समझ नहीं आया।

शायद स्केच वाली लड़की की बातों का जादू था, या काव्या के लौटने की उम्मीद और उसकी मजबूती, यह भी नहीं कह सकता था। लेकिन जो भी था, आज प्रशांत कुछ अलग था। उसे लगा जैसे गुरुजी की बात सही थी, कि उसे कहीं बाहर घूमने जाना चाहिए, ताकि वह थोड़ा ठीक हो सके। अब जब उसे लगा कि वह ठीक हो रहा है, तो उसी शाम दिल्ली के लिए निकल पड़ा। इस बार उसने अल्मोड़ा से बस ली, फिर हल्द्वानी और वहां से दिल्ली के लिए दूसरी बस पकड़ी।

फरवरी का महीना था, और दिल्ली में भी हल्की ठंड थी। अगली सुबह, ऑफिस में HR से बात करने के बाद, वह अपना फ़ाइनल सेटलमेंट लेने के लिए ऑफिस पहुंचा।

शाम के करीब चार बज रहे थे, और ऑफिस का काम खत्म करके वह बाहर निकला। उसकी नज़रें फिर से बगीचा पर पड़ीं, जहाँ वही बेंच और चारों ओर फैले सिमल के फूल थे। उसे अचानक वो पहला दिन याद आ गया था, जब काव्या ने उसे यहीं देखा था। "पिछले साल यही मौसम था," सोचते हुए वह हल्के से मुस्कराया।

उसने मन ही मन सोचा, "एक सिगरेट यहीं बैठकर पी लेते हैं।"

वह धीरे-धीरे बागीचे में बढ़ा, सिगरेट जलाया और बेंच पर बैठ गया। कभी सिमल के फूलों को गिरते हुए देखता, तो कभी अपनी आँखें बंद कर के आस-पास की चिड़ियों की आवाज़ों को सुनने की कोशिश करता।

ऐसे ही, जब उसने आँखें खोलीं, सामने उसे एक लड़की दिखी। उसे देखते ही दिल एक झटका सा खाया। वह किसी परिचित सी लग रही थी, जैसे वह कहीं पहले मिल चुका हो।

दिल में हलचल हुई। "नहीं, यह काव्या नहीं हो सकती," उसने मन में सोचा, "इतना बड़ा संयोग नहीं हो सकता।"

जैसे-जैसे लड़की करीब आ रही थी, प्रशांत की धड़कनें तेज़ होती जा रही थीं। वही बालों की लहराती हरकत, वही कदमों की आवाज़। काव्या ही थी।

प्रशांत ने खुद को शांत रखने की कोशिश की, जैसे एक अजनबी की तरह पेश आना है। जैसे उसे अब कोई फर्क नहीं पड़ता। लेकिन फिर एक सवाल उठता है, *यह यहाँ कैसे और क्यों आई?*

तभी उसकी नज़र काव्या के हाथ में रखी एक फाइल पर पड़ी। उस पर "Veritas Capital" का लोगो था। और अचानक उसे याद आया - "एक ही समय पर तो दोनों ने कंपनी छोड़ी थी। वह भी शायद FnF लेने आई होगी।"

प्रशांत की उंगलियों के बिच जलती हुई सिगरेट थी, लेकिन धुआं जैसे उसके कानों से बाहर निकल रहा हो, जैसे वो अंदर से एक उबाल महसूस कर रहा हो। वह खुद को शांत करने की हर मुमकिन कोशिश कर रहा था, लेकिन उसका मन उसे बार-बार घेर रहा था।

काव्या अब कुछ कदमों की दूरी पर थी। वह अभी भी सीधे प्रशांत को नहीं देख रही थी, लेकिन प्रशांत उसे पूरे दिल से देख रहा था। उसकी सलीके से सजी हुई होठें, थोड़ा सूजे हुए थे, लेकिन वो पुरानी चमकदार आँखें... वही काव्या। जैसे ही काव्या ने अपनी आँखें उठाईं, प्रशांत ने नज़रें हटा लीं, जैसे अजनबी बनने का अभिनय करना था।

फिर, हवा में तैरते हुए, एक जानी-पहचानी सी, अजनबी बने हुए एक पतली सी आवाज़ आई:

"Excuse me, आपके पास लाइटर है?"

---

*(समाप्त)*

बस एक पन्ना और...
       मेरी ओर से आपके लिए...

कोई भी कहानी सच में कभी ख़त्म नहीं होती। वो बस एक मोड़ पर आकर ठहर जाती है - कभी किसी के चले जाने के बाद, तो कभी किसी के लौट आने के बाद।

यह मेरी एक छोटी-सी कोशिश थी — ऐसी एक कहानी कहने की, जहाँ दो अजनबी धीरे-धीरे अपने बनते हैं... और फिर वक़्त, हालात, और ख़ामोशियाँ उन्हें फिर से अजनबी बना देती हैं।

हर कहानी को न तो सुखांत चाहिए होता है, और न ही हर अंत दुखांत होता है। कुछ कहानियाँ बस... अधूरी ही पूरी लगती हैं।

इसीलिए, जहाँ से यह कहानी शुरू हुई थी, मैं इसे वहीं छोड़ रहा हूँ। क्योंकि कुछ कहानियाँ किताबों में नहीं, लोगों के दिलों में पूरी होती हैं। शायद यह भी उन्हीं में से एक है।

आशा है कि अब यह कहानी मेरे हाथों से निकलकर, आपके दिल में चलती रहेगी - जितनी दूर तक आप चाहें, उतनी दूर तक यह रिश्ता ज़िंदा रहेगा।

अब यह निर्णय आपका है - कि अजनबी से अजनबी तक की इस यात्रा के बाद, आप इन किरदारों को कहाँ ले जाना चाहते हैं।

अगर कभी वक़्त मिले, तो मुझे भी ज़रूर बताइएगा - कैसी लगी ये कहानी, या आपने इसे कहाँ छोड़ा। *mails@ravirahul.com* पर मैं हमेशा उपलब्ध हूँ।

●   रवि राहुल
*All Good, Always Good*